Bis Tag und Nacht sich gleichen

Anita Siegfried

Bis Tag und Nacht sich gleichen

Mit einer Karte und einem Anhang

aare

Von Anita Siegfried außerdem bei Aare erschienen: ›Mond im Kreis‹

Anita Siegfried
Bis Tag und Nacht sich gleichen

Umschlagbild von Marlis Scharff-Kniemeyer

Mit einem Anhang und einer Karte

Printed in Germany

ISBN 3-7260-0421-1
Bestellnummer 02 00421

Die Deutsche Bibliothek – CIP-Einheitsaufnahme

Siegfried, Anita:
Bis Tag und Nacht sich gleichen / Anita Siegfried.
Aarau ; Frankfurt am Main ; Salzburg : Aare/Sauerländer AG, 1994
ISBN 3-7260-0421-1

Für Alberto

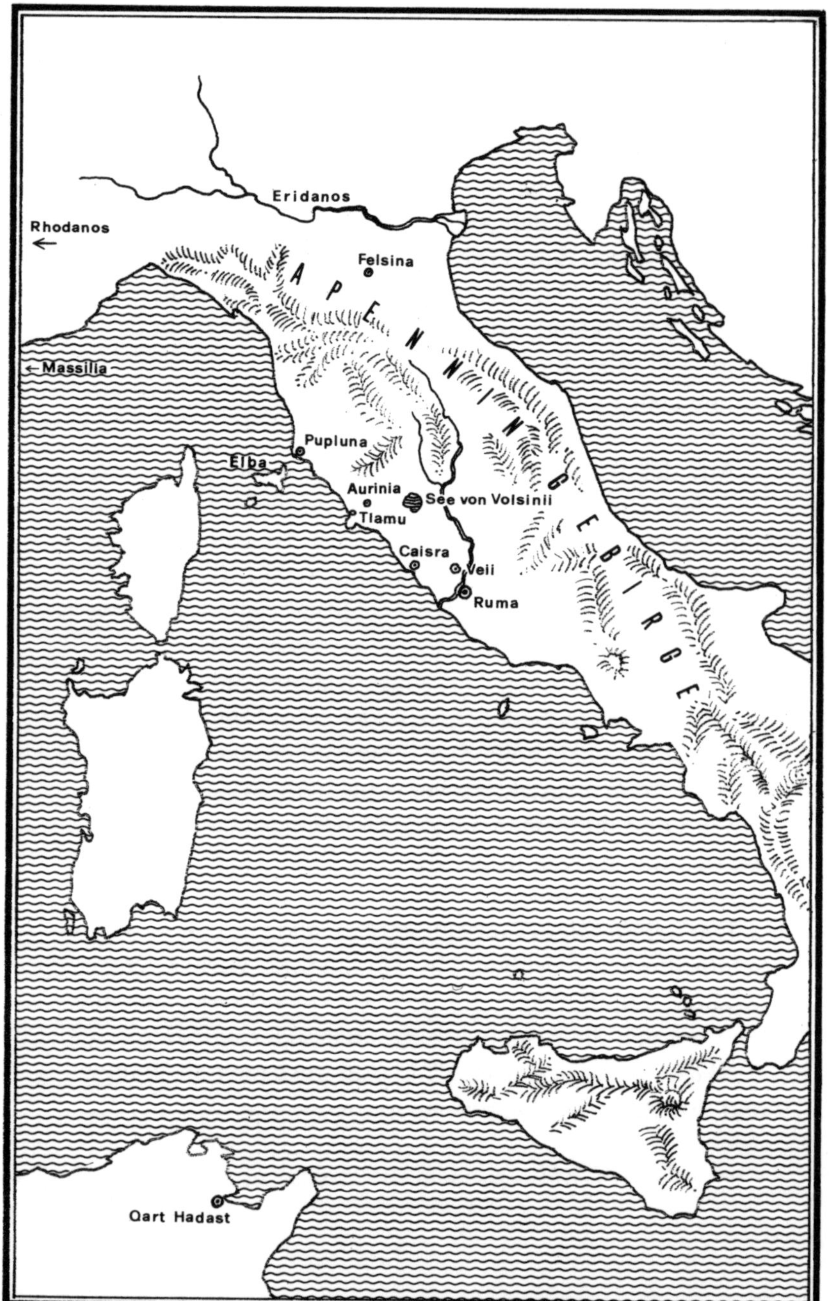

Eridanos
Rhodanos
Felsina
APENNINGEBIRGE
Massilia
Pupluna
Elba
Aurinia
See von Volsinii
Tlamu
Caisra
Veii
Ruma
Qart Hadast

1. Kapitel

Mit unwiderstehlicher Kraft zog die Strömung das Schiff gegen Süden. Macha spürte den Sog des Wassers unter sich. Sie hockte an den Mast gelehnt, zwischen Ballen von Tierhäuten und dem Holz, das sie bei ihrem letzten Halt geladen hatten. Das breite Flußschiff lag schwerfällig im Wasser; Macha fand, daß sein Name überhaupt nicht dazu paßte – ›Taube‹ hieß es. So jedenfalls hatte es ihnen der Schiffer, ein Kelte aus der Gegend des Lemanus-Sees, gesagt.*

Aus der Richtung, die vor ihnen lag, hörte sie jetzt Rufe. Sie richtete sich auf, stellte sich auf die Zehenspitzen und guckte über den Schiffsrand. Auf der anderen Seite des Flusses, nahe am Ufer, kam ihnen ein Treidelschiff entgegen. Es mußte viel Ware geladen haben, denn es hatte Tiefgang. Zwei Ochsen waren vorne angespannt, dazwischen schleppten sich einige Männer. Sie zogen das Schiff an starken Seilen gegen die Strömung, während andere mit weitausholenden Bewegungen das Schiff von der Böschung wegstakten. Mit gequältem Gesicht, schwer atmend und die Augen auf den Boden gerichtet, stemmten sich die Sklaven in die Riemen. Ihre nackten Rücken glänzten vom Schweiß.

Der Schiffer der ›Taube‹ hob die Hand zum Gruß. Der Schiffsführer von drüben schrie und winkte zurück, Worte einer fremden Sprache flogen hin und her, langsam schoben sich die beiden Schiffe aneinander vorbei.

Macha setzte sich wieder hin. Auf ihrer rechten Wange und auf ihrem rechten Bein spürte sie die Wärme der

* Wort- und Sacherklärungen im Anhang ab Seite 201

Sonnenstrahlen, die Sonne stand tief im Westen, es ging gegen Abend. Aus dem von einem Segeltuch überspannten Heck hörte sie die leisen Stimmen der Männer, die sich in den Schatten zurückgezogen hatten – Laris, Yowan, der Schiffer und die beiden andern Reisenden hockten dort beieinander. Die vier Schiffsjungen hielten mit langen Rudern, zwei auf jeder Seite, den Kurs in der Mitte des Flusses. Vorne im Bug kauerte Umbal, Laris' kleiner Diener, mit dem Äffchen. Er schien zu schlafen.

Macha betrachtete die beiden mit einem Lächeln. Sie hatte den dunklen scheuen Jungen auf der Reise liebgewonnen. Er sprach nicht viel, aber die Aufmerksamkeit, die er seinem Herrn zukommen ließ, galt jetzt auch ihr. Vom ersten Tag ihrer Reise an war es für ihn selbstverständlich gewesen, daß Macha zu Laris gehörte, und er schien ihr jeden Wunsch von den Lippen abzulesen. Bückte sie sich, um die Schuhe zu richten, war er schon zur Stelle und band ihr die Riemen um den Knöchel. Zog sie frierend die Schultern zusammen, kam er und legte ihr ein Wolltuch um. All dies tat er nicht unterwürfig, sondern mit einer Liebenswürdigkeit, die Macha oft in Staunen versetzte. Laris war gut zu ihm. Manchmal legte er ihm väterlich die Hand auf die Schulter.

Eben war Laris aufgestanden und kauerte sich zu Macha. »Das hat uns gerade noch gefehlt«, murmelte er.

»Was hat uns gerade noch gefehlt?« fragte Macha. Sie beugte sich zu ihm hinüber und begann, an seinem Ohrläppchen mit dem kleinen goldenen Ring zu knabbern. »Ich bin hungrig. Was haben die beiden gesprochen? Verstehst du überhaupt diese Sprache?« fragte sie.

»He, was fällt dir ein!« rief Laris lachend und zog den Kopf weg. »Hör auf! Ich bin auch hungrig! Das Schiff kommt von Massilia, sein Ziel ist Lugdunum, wo die Ladung gelöscht wird. Weinamphoren habe er geladen, sagte der Schiffer. Außerdem hat er erzählt, im ligyschen Meer seien Piraten gesichtet worden. Und Piraten«, er spuckte verächtlich auf den Boden, »Piraten sind Leute, die wir gar nicht mögen. Ich hoffe nicht, daß du jemals ihre Bekanntschaft machen wirst. – Ob ich diese Sprache kenne? Es ist Griechisch, ich verstehe einiges davon, aber selber sprechen kann ich nicht sehr gut. Die vielleicht zehn, zwölf wichtigsten Wendungen, das ja, und auch noch ein bißchen mehr.«

»Was sind die wichtigsten Sätze?« Macha war neugierig.

»Woher kommst du? Was hast du für Waren? Was willst du dafür? Ich will essen. Ich will trinken. Ich bin Laris, Händler aus Felsina, geboren in Caisra. Ich brauche ein Schiff, ich brauche einen Wagen, ich brauche ein Pferd. Wohin fährst du? Wie ist das Wetter im Norden, im Süden, im Westen, im Osten? Ich bitte um Gastfreundschaft. Die Götter mögen dich beschützen. – Aber jetzt komm, setzen wir uns zu den andern, wir werden essen, die Sonne geht schon bald unter.«

Macha blickte nach Westen. Die Landschaft war fast bis zum Horizont ganz flach und von Grasbüscheln bestanden. Eine Gruppe von dunklen Büffeln mit großen, nach oben gebogenen Hörnern weidete nahe am Ufer, ganz in der Ferne zeichnete sich, gegen die Sonne scharf umrissen, ein zerklüftetes Bergmassiv ab.

»Das ist das Land der Ligyer«, sagte Laris, »flach wie der Boden einer Trinkschale. Weißt du, was das heißt? Das heißt, daß wir uns der Flußmündung nähern. Wir werden bald dort sein, morgen bestimmt, gegen Mittag vielleicht. Morgen wirst du das Meer sehen.«

Sie hockten sich zu den andern ins Heck. Man reichte

Wasser, Käse und Fladenbrot herum. Laris griff etwas aus einem Korb und warf es Macha zu. Es war eine Frucht, blutrot und kugelförmig, mit einer dicken Schale, die man aufbrechen konnte. Eilfertig machte sich Umbal daran, die Schale für Macha wegzulösen. Im Innern waren unzählige kleine Kerne, deren rötliches Fleisch süß-sauer schmeckte und den Durst löschte.

Nach Sonnenuntergang gelangten sie zu einem kleinen Hafen mit ein paar Hütten, wo das Schiff vertäut wurde. Eine Weile saßen sie noch unter dem Segeltuch, und die Männer sprachen miteinander, mit Händen und Füßen und mit den Worten verschiedener Sprachen. Sie schienen zurechtzukommen, jedenfalls lachten sie hin und wieder, und der laue Abendwind trug ihr Gelächter über die Ebene. Macha lauschte den fremden Klängen nach. Einige Worte weckten ihre Neugierde, aber sie fragte nicht danach.

Bald rollten sie sich in ihre Decken. Macha starrte in den Sternenhimmel über ihr, horchte auf das Ächzen der Taue. Die leisen Bewegungen des Schiffes lullten sie ein, auf und ab, auf und ab...

Aber der Schlaf wollte nicht kommen. Zu viele Gedanken rasten in ihrem Kopf hin und her, drehten sich wild im Kreis. Wie sollte das alles weitergehen? Immer wieder kamen die Bilder von Zuhause, von ihrem Dorf, ihrem See, und vom Abschied...

Der Fluß gurgelte leise unter dem Schiff. Macha fror.

Wie lange war es her, seit sie mit Laris aufgebrochen war? Waren es zehn, zwanzig Tage, oder waren es mehr, oder etwa weniger? Sie wußte es nicht, es schien ihr eine Ewigkeit.

Laris! Seinetwegen hatte sie ihr Dorf am See verlassen, das Haus ihres Vaters mit dem tief herabhängenden Schilfdach, wo es so wunderbar nach Herdfeuer roch. Manchmal glaubte sie zu träumen. Seinetwegen hatte sie ihre Haare abgeschnitten und Männerkleider angezogen, seinetwegen hatte sie diesen mühseligen Weg unter die Füße genommen...

Nur seinetwegen? Vor Machas Augen tauchte das Bild eines Mädchens mit grauen Augen auf, das dort auf dem mit der Strömung wegtreibenden Boot stand und verzweifelt ihren, Machas Namen über das Wasser schrie. Danuth... Macha hatte sich geschworen, Danuth zu finden, irgendwo dort in dem großen Land, das Tuskien hieß und das Laris' Heimat war. Und allein schon dieses eine Wort – ›Tuskien‹ - ließ Machas Herz höher schlagen. Wie oft hatte sie davon geträumt, über die Berge zu ziehen, die wie ein Kranz hinter ihrem See die Welt abschlossen.

Und das Meer! Immer und immer wieder hatte Laris ihr erzählen müssen, wie es aussieht, wie der Horizont eine Linie zwischen Himmel und Erde zieht. Aber es gelang ihr nicht, sich das vorzustellen.

Die letzten Tage vor dem Abschied zogen wie Bilder an ihren Augen vorüber. Es war alles so schrecklich schnell gegangen, man hatte nicht einmal Zeit gehabt, richtig Hochzeit zu feiern. Laris wollte so rasch wie möglich abreisen.

»Wir sind spät dran«, hatte er gesagt. »Wenn wir nur noch ohne Probleme über die Pässe kommen...«

Das mit Gwender war am schlimmsten gewesen. Stumm, bleich, die Lippen aufeinander gepreßt, hatte ihr kleiner Bruder den Blick abgewendet, wann immer sie ihn anschaute. Er war für den Abschied vom Hohenberg herunter ins Dorf gekommen, denn er wollte dabei sein, wenn sie abreiste. Aber dann sprach er nicht mehr mit ihr, beobachtete sie nur aus den Augenwinkeln, unentwegt. Seine Blicke waren ein einziger Vorwurf. ›Warum tust du mir das an?‹ schienen sie zu fragen. Laris begegnete er mit unverhohlener Feindschaft.

Macha versuchte ihn zu trösten.

»Brüderchen!« sagte sie. »Sei nicht traurig. Ich komme wieder.«

Diese Aufregung! Vaters Zorn! Tiot war außer sich. Sie, seine einzige Tochter, die ihm geblieben war, wollte weggehen, einfach so. Nicht einmal der Preis, den Laris zu zahlen gewillt war, konnte ihn versöhnen. Wein und Bronzegeschirr sollte er erhalten, in einem, in zwei Jahren, irgendwann im Sommer. Trotzdem, was blieb ihm anderes übrig, als zu guter Letzt einzuwilligen? Aber immer, wenn er Laris anschaute, war Argwohn in seinen Augen.

»Bist du noch meine Tochter?« sagte er zu Macha. »Warum tust du das? Noch nie ist es einer Frau unseres Stammes in den Sinn gekommen, so weit weg zu reisen. Wie stellst du dir das eigentlich vor?«

Macha zuckte mit den Schultern.

»Eine muß ja die erste sein.« Sie lachte.

Deirdre, die Seherin, half ihr.

»Die Götter sind auf Machas Seite«, sagte sie. Das genügte, um Tiot zu überzeugen, daß an dem Entschluß seiner Tochter nicht alles falsch sein konnte.

Laris schüttelte den Kopf, wenn er Tiots mürrisches Gesicht sah.

»Sei unbesorgt«, sagte er, »deiner Tochter wird nichts passieren. Sie ist biegsam wie die Weide, zäh wie Birkenbast und mutig wie die wilden Tiere der Steppe.«

Und zum Glück kam Yowan, Machas großer Bruder, mit. Er wollte sie ein Stück weit begleiten, in Massilia Waren tauschen.

An den Tagen vor der Abreise waren alle furchtbar nervös. Roine hatte verweinte Augen, und Uri, Machas beste Freundin, verging fast vor Aufregung.

»Macha, du mußt aufpassen«, sagte sie, »wegen der wilden Tiere überall. Und das Meer! Stell dir vor, das Schiff geht unter! Entsetzlich! Schon allein beim Gedanken an die hohen Wellen wird mir schlecht! Wirst du mir etwas mitbringen, wenn du wiederkommst? Kommst du überhaupt jemals wieder? O Macha...«

Uri fiel ihrer Freundin schluchzend um den Hals; sie mußten beide schrecklich weinen.

»Ich weiß es auch nicht, Uri...« Macha wischte sich mit dem Ärmel die Tränen von den Wangen. »Ich weiß es nicht.«

Und dann kam Laris mit diesem Anliegen.

»Du mußt dir die Haare abschneiden«, sagte er. »Es ist besser so. Du wirst als Junge reisen. Es ist nicht gut, als Frau unterwegs zu sein.«

Macha weigerte sich. Ihre dicken Haare, die ihr jetzt fast bis auf die Hüften fielen! Die Haare, der Stolz jeder Frau! Erst einmal in ihrem Leben hatte sie sich die Haare geschnitten.

»Kommt nicht in Frage!« Macha war empört. Es war das allererste Mal, daß sie sich stritten.

»Sei nicht starrköpfig. Sie werden wieder wachsen«, sagte Laris.

Macha war wütend und beleidigt. Erst als er ihr unzählige Male versichert hatte, er werde sie auch mit kurzen Haaren lieben und er werde ihren Zopf mitnehmen und für immer und ewig aufbewahren, erst dann ließ sie sich überreden.

Sie setzte sich mit untergeschlagenen Beinen im Schatten des niederhängenden Schilfdachs auf einen Schemel, und Roine säbelte ihr mit einem eisernen Messer den Zopf knapp über den Schultern weg. Macha kniff Augen und Lippen zusammen, so fest, daß es schmerzte. Es war ihr, als schneide ihre Tante ein Stück von ihrem Körper, ein Stück ihres Lebens weg. Dicke Tränen rollten über ihre Wangen.

»Weine nicht«, sagte Roine. »Du hast es so gewollt.« Dann lachte sie. »Macha! In ein paar Monden denkst du nicht mehr daran. Laris wird schon wissen, weshalb er das so will. Es ist ja wirklich nicht alltäglich, daß eine junge Frau über die Berge geht. Es gibt Gesindel, überall.«

Aber Macha hörte genau das Zittern in ihrer Stimme.

Uri mußte kichern.

»Huuuh, Macha, du siehst aus wie ...«

»Sei still!« schrie Macha und hielt sich die Ohren zu.

Später kam Laris und legte den Zopf, der an beiden Enden mit einem Lederband umwickelt war, in eine hölzerne Büchse.

»Weißt du, daß bei uns die blonden und kupferfarbenen Haare der keltischen Frauen gehandelt werden?« sagte er. »Ich könnte sie für teures Geld verkaufen! Aber das tue ich nicht. Ich behalte sie, als Liebespfand! Laß dich anschauen.«

Er nahm ihre Hand und zog sie ins Abendlicht. Die Spitzen der fernen Berge glänzten weiß im Widerschein der letzten Sonnenstrahlen.

Kichernd schaute er sie an.

»Oh, oh, oh!« rief er. »Was für ein hübscher Junge! Fast könnte man meinen, du seiest ein Mädchen, mit deiner weißen Haut, diesen großen grünen Augen und der hohen Stirn! Macha, Macha! Wie freue ich mich auf den Augenblick, da du deinen Fuß auf tuskische Erde setzen wirst! Ich werde sagen: ›Götter der Rasna, hier ist meine

Gefährtin, die schönste Blume des Volkes, das sich *keltoi* nennt. Sie ist Macha, Tochter der Mordech und des Tiot.‹«

Jetzt mußte Macha lachen. Sie griff mit beiden Händen in Laris' schwarzes Haar.

»Du«, sagte sie, »du immer mit deinen wunderbaren Reden! Ich werde kein Wort sagen können, ich . . .«

Plötzlich konnte sie nicht weitersprechen. Ihr Kinn begann zu zittern. Sie legte die Stirn auf Laris' Schulter und weinte los.

»Laris«, flüsterte sie und schniefte, »ich habe Angst.«

Er strich ihr über das Haar.

»Ich liebe dich, Macha«, sagte er seufzend. »Ich kann mir nicht vorstellen, ohne dich von hier wegzugehen. Aber bist du wirklich sicher, daß es richtig ist, mit mir zu kommen? Woher nimmst du nur diese Gewißheit?«

Macha schluckte und schaute ihn mit großen Augen an. Woher nahm sie diese Gewißheit? Das einzige, was sie mit Sicherheit wußte, war, daß sie rettungslos und mit jeder Faser ihres Körpers in diesen Mann verliebt war. Sie würde, wenn es sein mußte, mit ihm bis ans Ende der Welt gehen.

»Ich weiß nicht, ob es richtig ist, Laris. Aber ich denke«, sie wischte sich die Tränen vom Gesicht und versuchte zu lachen, »ich denke, daß die Götter mich bestrafen würden, wenn ich dich allein von dannen ziehen ließe!«

»Ich hoffe, daß unser Vogel uns begleiten wird«, sagte Laris.

»Ja, das wird er, das wird er bestimmt.«

Am anderen Morgen brachen sie auf, mit Deirdres Versicherung, daß die Reise in der Gunst der Götter stehen werde. Laris wollte den Umweg über die Seen im Westen und über Massilia machen. Vor ein paar Tagen war die

Kunde ins Dorf gekommen, daß oben in den Bergen schon Schnee gefallen sei. Sie würden deshalb versuchen, über das Tal des Rhodanos nach Massilia und von dort aus mit einem Schiff zur tyrrhenischen Küste und dann weiter auf dem Landweg nach Felsina zu gelangen – wenn die Götter es wollten.

Die weißen Nebelbänke über den Ufern versprachen einen hellen, lichten Tag, aber noch waren die Berge und das ferne Ende des Sees im Dunst versteckt. Sie beluden im Dorf ein Pferd mit den Packen, die Laris mitnahm: Honig, eingepackt in Büchsen aus Birkenrinde, die innen mit Wachs ausgegossen waren; Pelze vom Dachs, Fuchs und Wiesel; Goldklümpchen aus den Flüssen im Westen; und einige Säckchen voll Salz.

Macha trug ein paar Beinkleider von Yowan, ein leinenes Hemd und einen wollenen Überhang. Den Mantel mit der Kapuze hatte sie zusammengerollt und auf ihr kleines Gepäck gegürtet. Es war nicht viel, was sie eingepackt hatte: ein Fell, eine der Wolldecken, die sie damals für ihre Aussteuer gewoben hatte, die Schachtel mit dem Schmuck und ihren Kostbarkeiten, und, in einem kleinen Lederumschlag eingepackt, die Geschenke für Laris' Familie.

Um den Hals trug sie an einer Schnur ein Ledersäckchen. Deirdre hatte es ihr gegeben.

»Es ist dein Helfer. Es wird dich beschützen«, hatte sie gesagt. »Sprich mit ihm, aber öffne das Säckchen nur, wenn du in Not bist.«

Macha tastete nach dem Inhalt. Etwas Hartes, Rundes war darin.

Alle begleiteten sie, alle außer Gwender. Er blieb unter der Tür ihres Hauses stehen und legte die Stirn an den Pfosten.

»Gwender.« Macha holte tief Atem. »Gwender, ich gehe jetzt. Ich werde jeden Tag an dich denken.«

Er rührte sich nicht.

Sie fuhr ihm über das Haar. »Gwender – leb wohl.«

Sie wollte sich abwenden, doch in diesem Augenblick fuhr er herum und warf sich ihr an den Hals.

Er schluchzte. »Ma . . .cha, Ma . . . «

Tränen erstickten seine Worte. Macha drückte sein kleines nasses Gesicht an ihre Schulter. Jetzt nur nicht weinen, dachte sie, jetzt nur nicht weinen, sonst ist es um mich geschehen . . .

»Mein kleiner Sänger«, sagte sie ihm leise ins Ohr, »sing ein Lied für mich jeden Tag. Schick es der Mondgöttin, ihr Licht wird es zu mir tragen.«

Dann riß sie sich los, nahm Abschied von ihrem Haus mit dem Mondzeichen über der Tür, rannte über den Platz, grüßte im Vorbeieilen die Esche, die Pferde hinter der Einzäunung, die Quelle. Kläffende Hunde folgten ihr zum Dorf hinaus und hinunter zum See.

Drei Boote lagen am Ufer bereit, einige bewaffnete Männer würden sie ein Stück weit begleiten. Das ganze Dorf war dort, schwatzend und schreiend. Und dann ging alles sehr schnell, plötzlich war Macha auf dem Boot, sie stießen ab, auf dem Wasser lagen glitzernde Sonnenstrahlen, im Tränenschleier dehnte sich der See zu einer endlosen silbern funkelnden Fläche.

Dann kam die Flußfahrt, und wieder ein See, mit schwarzem Wasser, das einen in unaussprechliche Tiefen zu ziehen schien. Zu beiden Seiten ragten dunkle Felswände in den Himmel und verschluckten das Sonnenlicht. Der Wind peitschte die Wellen hoch und warf das Boot hin und her, auf und ab, auf und ab . . .

Macha glitt in die Dunkelheit hinüber. Das letzte Bild,

das sie am Rand des Schlafes vor sich sah, war sie selbst, wie sie im Wasser stand, mit nassem Haar, und Laris dort am Ufer, der rief: »Macha, die *malena* war leer, ich muß dein Gesicht wieder hineintun. Hier bin ich, dich zu holen.«

2. Kapitel

Den ganzen nächsten Morgen über zog die eintönige Landschaft an ihnen vorbei. Ein paarmal noch begegneten ihnen Schiffe, die nach Norden fuhren. Bald verzweigte sich der Fluß; sie nahmen einen engen Nebenarm, der nach Südosten vom Hauptarm wegführte. Die Wasserbahn war so schmal, daß manchmal die Schiffswand von den Schilf- und Grasbüscheln am Ufer gestreift wurde.

Macha flickte einen ihrer Lederstiefel, dessen Seitennaht aufgeplatzt war. Yowan lag neben ihr, er hatte seinen Kopf auf ihre Beine gelegt und schien zu schlafen. Man hörte nur das gurgelnde Geräusch der Ruder, die von den Jungen im Bug und in der Mitte des Schiffes gegen das Ufer gestemmt und wieder aus dem Wasser gezogen wurden. Ab und zu schaute Macha von ihrer Arbeit auf. Das Land schien sich ins Unendliche auszudehnen, Sümpfe wechselten mit flachen Sandbänken.

»Schläfst du, Yowan?« fragte Macha.

Er blinzelte. »Jetzt nicht mehr, Schwester«, sagte er und gähnte. »Ich bin froh, wenn diese Fahrt endlich zu Ende ist, die Zeit wird lang. Und du?«

»Ich bin auch froh. Laris sagt, es dauert nicht mehr lang. Was wirst du tun, wenn wir in Massilia sind?«

Yowan verzog das Gesicht. »Ich werde mich umsehen. Ware tauschen, schauen, was sich mit meinen Goldklümpchen machen läßt. Danach fahre ich wieder flußaufwärts – spätestens bei Winteranfang will ich zu Hause sein.«

Zu Hause – Macha suchte schnell nach dem Säckchen mit dem Amulett von Deirdre, das sie unter ihrem Kleid trug, und hielt es fest in der Hand.

Die Landschaft wurde immer offener, der Himmel immer weiter. Ein trockener warmer Wind strich über die Ebene. Macha nahm einen fremden Geruch wahr – betörend und unangenehm zugleich. Er erinnerte sie an etwas. Sie schloß die Augen und ging dem Geruch nach ... Ja, genau, so hatten die Stücke von Salz gerochen, die Yowan damals im Sommer mitgebracht hatte, Salz ...

»Yowan, riechst du das?« fragte Macha. Laris schaute zu den beiden herüber.

»Was meinst du, Macha, woran denkst du?« rief er.

»Riecht es so?« fragte Macha zurück, schob sachte Yowans Kopf beiseite und stand auf.

»Riecht was wie? Oh!« Laris lachte. »Ja, das Meer, riechst du es? Wir sind bald dort!«

»Es ist der Geruch des Salzes, nicht wahr?«

»Der Geruch des Meeres!« rief Laris. »Dieser Geruch! Das Meer riecht einmal so und einmal anders. Es schmeckt auch so, das Wasser ist salzig. Und seine Farben – sie wechseln vom Morgenblau über Perlmutterglanz bis zum Schwarz des Nachthimmels. Aber am schönsten ist das Meer, wenn es die Farbe deiner Augen hat – grün wie die Blätter der Pappel im Licht eines Frühlingsmorgens. Macha!«

Er kam zu ihr herüber und fuhr ihr durchs Haar, und sie vergrub ihr Gesicht an seiner Schulter, dort, wo es so wunderbar nach Laris roch.

»Schau her«, sagte er lachend und zupfte sie an den Haaren, »dein Haar ist schon ein ganzes Stück länger geworden!«

Er legte Zeigefinger und Daumen aufeinander und ließ dazwischen so viel frei, daß man eben noch hindurchgucken konnte.

Macha schüttelte den Kopf. »Ich will jetzt nicht hinsehen, Laris«, murmelte sie in den Stoff seines Umhangs. »Halt mich fest. So möchte ich ganz lange stehen bleiben.«

Plötzlich schrie der Schiffer etwas, und Macha spürte einen Sog unter dem Schiff, der anders war als bisher.

»Schau doch, Macha, schau«, sagte Laris.

Macha hob den Kopf. Vor ihren Augen sah sie Laris' Zeigefinger und Daumen mit dem kleinen Spalt dazwischen. In dem Zwischenraum war ein dunkelblauer Streifen, der zwei Farben voneinander trennte: ein helles, blaßes Blau oben und ein dunkles, von weißen Tupfen durchbrochenes Grün unten.

Macha wagte kaum zu atmen. Das mußte es sein, es war so, wie Laris es beschrieben hatte: das Meer, und dahinter eine Linie, die Himmel und Erde voneinander trennte!

Sie richtete sich auf und wandte sich nach vorne. Ein steifer Wind fuhr ihr ins Haar, Laris legte seinen Arm um ihre Schultern. Umbal kniete vorne im Bug, die schwarzen Locken vom Wind zerzaust, und schaute in die Ferne, als würde er dort etwas Altvertrautes erblicken.

Das Bild war so unendlich und so überwältigend, daß Macha es mit keinem Wort hätte beschreiben können. Sie holte tief Atem und versuchte, mit den Augen dieser Linie zu folgen, versuchte sich vorzustellen, wie es dort, wo die Erde zu Ende war, wohl aussehen mochte – wo der Abgrund hinter dem Meer war und die Fluten sich in schreckliche Tiefen stürzten. Oder war das Wasser dort aufgewühlt, wurde es in Strudeln emporgezogen? Kämpften dort die Götter des Himmels und der Meere miteinander?

Macha bekam Angst, ihr wurde schwindlig, und sie schloß die Augen. Sie fühlte sich mit einem Mal klein und verletzlich.

»Es ist schön, Laris«, sagte sie, »und ich liebe dich schon allein dafür, daß ich das sehen kann.« Dabei hielt sie ganz fest seine Hand in der ihren.

Auch Yowan war aufgestanden und schaute wie gebannt hinaus aufs Meer.

Hinter ihnen war Unruhe ausgebrochen.

Der Schiffer schrie einen Befehl, und die Schiffsjungen ließen das Segel vorsichtig an den Tauen herunter. Sie zogen die Rah quer zum Deck, und kaum fuhr der Wind ins Tuch, da legte sich das Schiff leeseits schräg zur Seite und nahm Kurs nach Osten, in die große, langgezogene Bucht hinein, die sich zu ihrer Linken aufgetan hatte.

»Siehst du dort? Das ist Massilia, die Stadt der Griechen. Massalia nennen sie sie selbst«, sagte Laris und zeigte ans Ende der Bucht, wo man undeutlich eine Ansammlung von Häusern ausmachen konnte.

Langsam näherten sie sich dem Hafen. Man erkannte jetzt die Stadtmauern, die sich zu beiden Seiten in einem weiten Bogen vom Ufer wegzogen, und eine große, aus mächtigen Steinblöcken gebaute Mole, die weit ins Meer hinausragte.

Sobald sie das äußerste Ende der Mole erreicht hatten, kamen sie in ruhige Gewässer und dümpelten langsam zu den Anlegestellen. Mehrere Schiffe lagen schon vertäut.

Macha staunte. Noch nie hatte sie so viele Häuser beisammen gesehen! Hinter den Anlegestellen erstreckten sich hölzerne Lagerschuppen, daneben gab es aber Gebäude aus Stein, mit roten Dächern und Säulen vor dem Eingang. Viele Menschen gingen auf dem Kai hin und her, beladen mit Rollen und Packen, und der Wind trug ihre Rufe zu ihnen herüber. Dann legten sie an, und plötzlich waren Männer auf dem Schiff, hievten die Ballen auf den Rücken, Seilwinden wurden herabgelassen, um das Holz aus dem Schiff zu heben; es war ein Schreien in verschiedenen Sprachen und ein emsiges Hin und Her.

Vor lauter Staunen bemerkte Macha nicht, daß Laris weggegangen war. Sie wandte sich um, suchte ihn mit den Augen in dem Gewimmel. Aber da kam er schon wieder über den Laufsteg geeilt, er nahm sie bei der Hand und zog sie fort, lief durch enge Gassen, so schnell, daß Macha ihm kaum folgen konnte, er lachte und ließ ihre Hand nicht los, schließlich bogen sie in einen Hof ein, eilten durch eine Säulenhalle mit kleinen Bäumen, deren dunkelrote Blüten einen fremden, betörenden Geruch verströmten, kamen in einen Raum, wo Männer beim Brettspiel saßen, und gelangten endlich in eine Kammer mit hellen Wänden und mehreren ledergegürteten hölzernen Liegen. Laris schloß die Tür hinter sich und drehte sich um. Dann hob er Macha mit beiden Armen auf und trug sie zu dem Bett.

»Blume des Spätsommers«, flüsterte er, »endlich, endlich, endlich sind wir allein! Zur Hölle mit dem Fluß, mit dem Meer, mit dem Schiffer, mit Umbal und Yowan und mit allem, was sich uns in den Weg stellt. Ich liebe dich!«

Macha lachte und bedeckte sein Gesicht mit Küssen.

»Laris, wo sind wir, bei allen Göttern?« Ihr Atem flog.

»Wir sind in der Herberge des Nikosthenes. Hier werden wir bleiben, bis wir ein Schiff gefunden haben, das uns nach Tuskien bringt. Und jetzt schweig«, sagte er und legte seine Hand über ihren Mund.

Der Junge, der an die Tür klopfte, um Wasser und Licht zu bringen, erhielt keine Antwort, denn für Macha und Laris gab es in jenem Augenblick nichts anderes auf der Welt als nur sie zwei allein.

Später aßen sie in einer Schenke beim Hafen und tranken Wein. Macha war müde und verwirrt von all den vielen Eindrücken. Ja, und sie hatten sich geliebt, zum ersten Mal. Es hatte nicht weh getan, nein. Nime hatte ihr gesagt, und Roine, daß es das erste Mal weh tut. Und es war Laris gewesen, Laris und kein anderer, Laris und nicht Gaël, den sie hätte heiraten sollen ... Beim Gedanken an Gaël zog sich ihr Magen zusammen.

»Was denkst du, Macha?« Laris trommelte leise mit den Fingern auf ihre Hand.

Sie schüttelte sich und schaute Laris über den Rand ihrer Trinkschale an. »Wo sind eigentlich Yowan und Umbal?« fragte sie. Sie hätte beinahe vergessen, danach zu fragen. »Und wo sind meine Sachen? Wir haben doch alles auf dem Schiff gelassen!«

»Es ist alles dort, mach dir keine Sorgen.« Laris kniff sie in die Wange. »Umbal gibt acht auf das Gepäck. Das Schiff fährt nicht vor übermorgen weg. Und um Yowan brauchst du dich nicht zu kümmern, er wird gute Gesellschaft gefunden haben. Morgen werde ich mich nach einem Schiff umsehen, das uns nach Tuskien bringen wird«, sagte er. »Ich hoffe, beim Blitz des Tinia, daß uns noch eine gute Seele an Bord nehmen wird. In dieser Jahreszeit ist das nicht so sicher. Die Herbststürme sind gefürchtet.«

»Noch etwas ...« sagte Macha zögernd. »Ich ... Laris, wann kann ich endlich diese Jungenkleider ablegen? Ich fühle mich nicht wohl in meiner Haut.«

»Bald, Macha. Aber aufs Schiff wirst du mich noch als

Junge begleiten. Die griechischen Handelsleute mögen es nicht, wenn Frauen an Bord sind.«

Macha kicherte. »Weshalb? Was soll denn daran so schlimm sein?«

»Sie glauben, daß Frauen auf dem Schiff Unglück bringen.«

Macha schaute Laris ungläubig an. So etwas Dummes hatte sie schon lange nicht mehr gehört. »Warum glauben sie das?« fragte sie verwundert.

»Die Griechen«, sagte Laris leise und neigte sich zu Macha hinüber, »die Griechen finden unsere Frauen lasterhaft, weil sie gemeinsam mit den Männern essen, trinken und tanzen, und weil sie kokett sind. Ha! Kannst du mir einen einzigen Grund nennen, weshalb sie das nicht tun sollten?!« fuhr er zornig fort. »Warum bei allen Göttern sollten wir auf die Gesellschaft unserer Frauen verzichten? Ein Gastmahl ohne sie ist wie ein Tag, an dem man die Sonne nicht gesehen hat – grau, öd und freudlos.«

Macha schüttelte ungläubig den Kopf. Da bemerkte sie eine kleine Sklavin, die dabei war, mit einem Reisigbesen den auf dem Boden ausgestreuten Sand zusammenzuwischen. Das Mädchen war jünger als sie, vielleicht zwölf oder dreizehn Jahre alt.

»Hör mal, Laris«, sagte Macha leise und eindringlich, »ich wünsche mir etwas, und das ist sehr wichtig ... Weißt du, was es ist?«

Er überlegte einen Augenblick und zupfte an seinem Ohrring.

»Einen goldenen Schmuck?«

Macha schüttelte den Kopf.

»Einen Besuch im Heiligtum von Pyrgi?«

»Da möchte ich schon hin«, sagte Macha, »aber ich meine nicht das.«

Sie schaute wieder zu dem Mädchen hinüber. Laris folgte ihrem Blick.

»Danuth?« fragte er.

Macha nickte.

Laris seufzte und verdrehte die Augen. »Macha«, sagte er, »kannst du dir eine Vorstellung davon machen, wie schwierig es sein wird, Danuth zu finden?«

Sie schüttelte den Kopf.

»Stell dir das Meer vor« – er zeigte hinaus zum Horizont –, »so wie du es hier vor dir siehst, aber noch viel, viel größer. Stell dir ein Boot vor, klein wie ... wie ein Eichenblatt, das irgendwo in diesem unendlichen Wasser auf den Wellen treibt. Und stell dir vor, du mußt dieses Boot finden, ohne auch nur die geringste Ahnung zu haben, wo es gerade sein könnte. Was denkst du dir dabei?«

Macha biß an ihren Fingerkuppen. Tränen stiegen in ihr hoch.

»Es ist unmöglich«, murmelte sie.

»Ja, das ist es, Macha«, sagte er nachdenklich. »Und außerdem, wie kannst du so sicher sein, daß sie im Land der Rasna unglücklich ist? Sie hatte ein elendes Leben, niemand wird sie zu Hause vermissen. Was hat sie denn dort verloren?«

»Nichts«, flüsterte Macha und schluckte die Tränen hinunter, »nichts. Außer ...«

»Außer was?«

»Dasselbe wie ... ach, gar nichts.«

Unseren See, wollte sie sagen, die Hügel und den Herbstwind in den gelben Birkenblättern. Das Singen des Flußes und den Geruch des Herdfeuers ...

»Dasselbe wie du? Wolltest du das sagen, Macha?«

Sie schluckte und blickte schweigend auf die glatte, dunkle Fläche in ihrer Schale.

Am anderen Morgen ging Laris zum Hafen.

»Wir fahren in drei Tagen«, sagte er mißmutig, als er zurückkam. »Bei allen Göttern! Diese Griechen! Sie sind nur aufs Geld aus! Ich mußte mit jeder nur erdenklichen Ausrede um den Preis feilschen. Dazu fährt das Schiff nur bis Elba, danach müssen wir weitersehen. Wir können froh sein, wenn wir überhaupt noch das Festland erreichen.«

Zwei Tage später bestiegen sie ihr Schiff, das sie an die Küste Elbas bringen sollte. Am Hafen war ein Gedränge und Schreien.

»Warte hier, Macha«, sagte Laris, »und rühr dich nicht vom Fleck. Ich werde unser Gepäck holen.«

Eben wollte Macha Yowan entgegengehen, der über den Platz kam, um Lebewohl zu sagen, als eine Szene jenseits der Lagerhalle ihre Aufmerksamkeit auf sich zog.

Inmitten einer Gruppe von halbnackten Männern, Frauen und Kindern, deren Hände zusammengebunden waren, ging ein großer Mann mit einem Stock auf und ab. Bei einer stämmigen blonden Frau blieb er stehen, faßte sie am Oberarm, an den Hüften, an den Schenkeln. Dann sagte er etwas zu einem zweiten Mann, der einen Lederbeutel von einer Hand in die andere warf. Der nickte jetzt und deutete auf ein kleines Mädchen mit heller Haut, das sich verängstigt an die Frau zu seiner Seite drückte.

Plötzlich sah Macha, wie das kleine Mädchen von der Frau weggerissen und zusammen mit einem Jungen aus der Gruppe über den Platz gestoßen wurde. Das Mädchen schrie und versuchte umzukehren, während die Frau, offenbar seine Mutter, dem Kind verzweifelt die Arme entgegenstreckte und einen Namen rief, immer und immer wieder. Aber das Kind wurde weggezerrt, der Mann schleifte es über den Platz zu einem Lagergebäude. Da heulte die Mutter auf, raufte sich die Haare, bis der Mann begann, mit dem Stock auf sie einzuschlagen. Die Frau sackte zusammen und blieb wimmernd liegen.

Machas Beine zitterten. Sie packte Yowan und bohrte ihre Finger in seinen Arm. Kein Wort brachte sie hervor, ihre Kehle war wie zugeschnürt. So mußte es gewesen sein, als sie Danuth verkauften, genau so!

Yowan schüttelte nur den Kopf.

»Komm«, sagte er, »euer Schiff läuft sicher bald aus.«

Angewidert wandte sich Macha ab. Sie setzte sich mit Yowan auf eine Kiste am Kai, und beide schauten zu, wie das Schiff zum Auslaufen bereit gemacht wurde. Es war ein Einmaster, dessen Bug mit zwei riesigen, furchterregenden Augen bemalt war und den man von weitem als griechisches Handelsschiff erkennen konnte.

Das Schiff sollte in Elba eine Ladung Kupfererz holen. Der Frachtraum war fast leer – man hatte nur ein paar Fässer mit Pech geladen, und so, hoffte Laris, würde die Fahrt nicht mehr als vier, fünf Tage dauern. Aber der Schiffer, ein wortkarger, hagerer Grieche, war schlecht gelaunt. Er betrachtete argwöhnisch den Himmel, der sich mit Wolken überzogen hatte, und brummte irgendwelche Verwünschungen in seinen Bart.

Außer Laris, Macha und Umbal sollten noch vier weitere Passagiere an Bord gehen. Matrosen schleppten Lederschläuche mit frischem Wasser heran. Da sah Macha plötzlich einen Mann über die Laufplanke eilen, mit wulstigen Lippen und Goldringen an den fleischigen Fingern. Ihr Herzschlag setzte einen Moment lang aus – an einem Seil zog der Dicke einige Sklaven hinter sich her, unter ihnen auch den Jungen und das kleine Mädchen, die beiden, die eben gerade im Hafen verkauft worden waren!

Die Männer, Frauen und Kinder wurden über das Deck gezerrt und die Leiter zum Frachtraum hinuntergestoßen. Macha hielt den Atem an; sie drückte das kleine Bündel mit ihren Habseligkeiten fest an sich.

»He, Yowan«, sagte sie leise, »jetzt schau dir das an...«

Plötzlich stand Laris neben ihnen. Er faßte Macha am Arm.

»Komm«, sagte er, »wir...«

»Laris.« Sie unterbrach ihn. »Hast du den gesehen...«

»Wo der seine Ware wohl loswerden wird?« Laris schüttelte den Kopf. »Der will sicher auch ans Festland, mach dich darauf gefaßt, daß er uns noch eine Weile begleiten wird.«

»Laris!« Macha kam plötzlich eine Idee, sie war ganz aufgeregt. »Du mußt ihn wegen Danuth fragen, vielleicht weiß er etwas!«

»Ja«, antwortete er zerstreut, »ja, das werde ich, gewiß. Aber jetzt komm endlich, wir müssen an Bord, das Schiff läuft jeden Moment aus.«

Macha und Yowan schauten sich lange an.

»Ich muß jetzt gehen, Bruder. Sag allen, daß ich an sie denke.« Sie schluckte. »Sag Gwender, daß ich ihm jeden Abend mit dem Licht der Mondgöttin meine Gedanken schicke. Und sag Deirdre, daß ich das Säckchen noch nicht geöffnet habe...«

Die beiden Männer gaben sich einen Schlag auf die Schulter.

»Die Götter mögen euch beschützen.« Yowan hob matt die Hand. »Gute Überfahrt. Ich gehe jetzt, Schwester, der Abschied wird sonst zu lang.«

Er wandte sich ab und ging unschlüssig über den Platz, blieb stehen, schaute zurück.

»Macha!« rief er. »Vergiß mich nicht!«

Dann winkte er noch einmal und eilte davon. Bald war er zwischen den vielen Menschen verschwunden.

Laris stand schon auf der Laufplanke.

»Komm!« rief er. »Soll ich dir helfen?«

Macha ging langsam über den Kai zum Laufsteg. Da waren die Bretter, und unter den Brettern schwappten die Wellen leise gegen die Hafenmauer. Da war das Schiff mit den riesengroßen aufgemalten Augen, es schaukelte auf und ab. Und dort draußen war das Meer, unendlich, verheißungsvoll, lauernd, drohend ...

Für einen Augenblick, einen winzig kleinen Augenblick nur, verschwamm alles vor ihren Augen.

»Nein.« Macha konnte die Worte nur flüstern. »Nein«, sagte sie, »ich komme nicht aufs Schiff.«

Sie blieb stocksteif stehen und tat keinen Schritt weiter.

»So komm doch endlich!« rief Laris.

Nein, nie und nimmer. Sie begann zu schreien.

»Nein!« Ihre Stimme war schrill. »Nein. Nein!«

Sie wandte sich um und rannte weg vom Schiff, zwischen den Menschen hindurch über den Platz. Sie heulte, unverständliche Laute schrie sie hinaus. In ihrer Blindheit stolperte sie über eine Rolle von Tauen, sie fiel hin, das Bündel rutschte aus ihren Armen, keuchend stemmte sie sich vom Boden hoch, als Laris sie am Arm packte.

»Was tust du da, Macha? Bist du verrückt geworden?« Er versuchte sie hochzuziehen. »Macha!«

Machas Augen schauten durch ihn hindurch, sie schrie noch immer. Laris hatte sie unter den Armen gefaßt und schüttelte sie, ihr Körper baumelte hin und her. Einige Leute blickten betreten zu ihnen herüber.

Die Matrosen auf dem Schiff machten sich daran, die Taue zu lösen und die Laufplanke einzuziehen.

Laris schrie Macha an. »So komm endlich, das Schiff läuft aus!«

Er versuchte sie wegzuzerren, zum Wasser hin, aber Macha sperrte sich mit aller Kraft dagegen.

Plötzlich stand eine kleine Frau neben ihnen. Sie hatte das Geschehen unbemerkt beobachtet, hatte ihren mit Broten gefüllten Korb auf den Boden gestellt und war zu ihnen hingetreten. Jetzt stieß sie Laris weg, hievte Macha hoch und gab ihr auf beide Wangen eine schallende Ohrfeige.

Macha schaute die Frau verblüfft an. Sie schluckte und begann zu husten. Einen Augenblick lang stand sie ganz still, dann ließ sie sich erschöpft zu Boden gleiten, legte den Kopf auf die Knie, saß bewegungslos. Ihr Atem ging stoßweise.

Laris war bleich geworden.

Die Frau glättete ihr Kleid und lächelte entschuldigend. Dann wechselte sie mit Laris ein paar Worte, beugte sich zu Macha hinunter und klopfte ihr besänftigend auf den Rücken. Leise redete sie auf Macha ein, in Worten, die diese nicht verstand, aber die freundliche Stimme löste in ihr die Spannung.

Die Tränen liefen ihr über das Gesicht. Willenlos ließ sie sich von Laris über die Planke ziehen. Umbal hatte ihre Sachen, die im Schmutz verstreut lagen, aufgehoben, in den Mantel gerollt und trug das Bündel aufs Schiff.

Der Schiffer schlachtete ein Schaf; er goß das Blut in eine Schale, die auf einem kleinen Altar im Heck stand – das Opfer für Athena, die Beschützerin der Seefahrer.

Dann wurden die Taue losgemacht, der Schiffer schrie Befehle, das Schiff glitt, von zwei Ruderbooten mit je zehn Ruderern ins Schlepptau genommen, aus dem Hafen.

Stumm und bewegungslos, mit tränenüberströmtem Gesicht, hielt sich Macha an der Reling fest. Allmählich lösten sich die Häuser und die Stadtmauern in der Landschaft auf.

Wieder wurden Befehle gebrüllt, die Rah wurde zum Wind gesetzt, das große Segel getakelt, der Wind fuhr knatternd in das Tuch, und das Schiff nahm Kurs nach Osten. Schroffe Felshänge, kleine Buchten und die sanften Hügel des Hinterlands zogen an Machas Augen vorbei.

»Großer Gott Lug, laß mich diese Reise heil überstehen.«

Sie zog ihren Mantel enger um die Schultern.

3. Kapitel

»Macha.«

Sie wandte sich um. Laris stand hinter ihr mit windzerzaustem Haar. Arim, das Äffchen, hockte auf seiner Schulter und klammerte sich ängstlich an seinen Hals.

Er zog sie in seine Arme.

»Hab keine Angst«, flüsterte er, »es wird alles gut. Aber du sollst nicht wieder weglaufen, nie wieder, verstehst du?«

Sie weinte lange in seinen wollenen Umhang. Arim keifte und riß an ihren Haaren.

»Es tut mir leid«, sagte sie endlich, »ich weiß nicht, was in mich gefahren ist... Was hat die Frau eigentlich gesagt?«

»Sie sagte, sie habe das schon oft gesehen.« Laris schüttelte den Kopf. »Schläge seien das einzige, das nütze. Und sie habe sofort bemerkt, daß du eine Frau bist.«

Er stieß sie sanft von sich weg und schaute sich um. Mit dem Ärmel wischte er ihr nasses Gesicht trocken.

»Arim mag das Meer auch nicht. Hast du übrigens gesehen, wie seltsam der Schiffer dich anschaut?«

»Ich mag ihn nicht«, sagte Macha. Noch immer stieg ab und zu ein Schluchzen in ihr hoch. »Den andern, den Dicken, übrigens auch nicht. Er ist ein schlechter Mensch. Und überhaupt – warum will der Schiffer uns bis zu dieser Insel fahren, und nicht weiter, zum Festland?«

»Pah«, sagte Laris verächtlich. Er schaute aufs Meer hinaus. »Damals, in Alalia, haben unsere Kriegsschiffe vierzig griechische Trieren versenkt. Seither haben die Griechen Angst, wenn sie tyrrhenische Gewässer befahren, sie fürchten sich vor unseren Piraten. Aber sei unbesorgt – wir werden in Elba ein Schiff finden, das uns rüber ans Festland bringt.«

»Du scheinst die Griechen nicht zu mögen«, sagte Macha.

Die Linie zwischen Wasser und Himmel war hinter einer Wand von Wellenkämmen, tief dahinfliegenden Wolken und Gischt verschwunden. In der Ferne konnte man ab und zu undeutlich die Küstenlandschaft zwischen den Wolkenbänken sehen. Der Wind heulte im Schiffsrumpf. Immer höher rollten die Wellen gegen das Schiff, hoben es hoch und warfen es im nächsten Augenblick wieder in ein Wassertal. Die See war jetzt grau, fast schwarz, bedrohlich und abgründig. Es war noch schlimmer, als Macha es sich vorgestellt hatte.

Vor dem Einfallen der Nacht aß man hinten im Heck, im Schutz einer kleinen Hütte. Laris hatte Käse, getrocknetes Fleisch und Brote gekauft. Aber Macha konnte nicht essen, ihr war übel. Dieses schreckliche Auf und Ab! Nicht einen Augenblick war der Boden unter ihren Füßen ruhig. Stand sie auf, mußte sie sich immer irgendwo festhalten, um nicht der Länge nach hinzufallen. Legte sie sich hin, dann war es, als würde der Himmel über ihr zusammenstürzen. Sie hatte das Gefühl, ihr Magen sei umgestülpt, und sie mußte dauernd gegen einen Brechreiz kämpfen. Laris gab ihr Wein zu trinken, aber das nützte nichts, im Gegenteil, und Umbal fragte sie immer wieder besorgt, wie es ihr gehe und ob er etwas für sie tun könne.

Einer der Passagiere, ein Rasna-Mann mit einem Ziegenbärtchen, gab Macha ein Stück von etwas, das wie eine Wurzel aussah, und bedeutete ihr, es in den Mund zu stecken und zu kauen. Macha schaute fragend zu Laris.

»Nimm es«, forderte Laris sie auf. »Er sagt, du mußt es langsam kauen, es soll gut sein gegen Übelkeit auf See.«

»Was ist es?« fragte Macha. »Es sieht seltsam aus.«

»Es ist Ingwer«, übersetzte Laris die Erklärungen des anderen. »Eine Wurzel, sie kommt aus dem Osten, die phönizischen Händler bringen solche Sachen mit. Ja, es ist gut gegen die Übelkeit, du sollst es nehmen, Macha, dann wird es dir wieder bessergehen.«

Das Zeug schmeckte abscheulich. Beim ersten Bissen schoß Macha ein Feuer in den Gaumen und stieg ihr durch die Nase bis in die Stirn, die Zunge brannte wie von tausend feinen Nadeln gestochen. Macha riß entsetzt die Augen auf und machte Anstalten, das Stück auszuspucken, aber der Mann schüttelte verneinend den Kopf. Mit größtem Widerwillen kaute sie auf der faserigen Wurzel, und es nützte, tatsächlich. Allmählich beruhigte sich ihr Magen, und als die Nacht hereinbrach, war die Übelkeit wenigstens erträglich geworden.

Der Mann schnitt ihr noch ein paar kleine Stücke weg, für die kommenden Tage.

»Sag dem Herrn, Macha danke ihm«, bat Macha Laris.

»Er meint, du bräuchtest ihm nicht zu danken«, übersetzte Laris die Antwort, »deine Anwesenheit auf dem Schiff sei ihm eine Ehre.«

Sie verbrachten die Nacht auf dem Deck, in der Mitte des Schiffes. Macha hatte sich in ihr Schicksal ergeben und versuchte, dieser ganzen schrecklichen Seefahrt etwas Gutes abzugewinnen: Immerhin konnte sie mit Laris allein sein. Außer ihnen war nur der Steuermann am Heckruder im Freien. Sie hatten ein großes Segeltuch über sich gezogen. »Gegen den Wind und gegen die Blicke des Schiffers«, hatte Laris gesagt. Eng umschlungen, erschöpft vom Zerren des Windes und von ungestümen Zärtlichkeiten, waren sie endlich eingeschlafen. Aber gegen Morgen begann es zu regnen, und sie verzogen sich in den Frachtraum unter dem Deck. Dort war es stockdunkel, die Luft war stickig, es stank nach Pech, nach fauligem Wasser und schmutzigen Menschen, und das Schnarchen der Männer übertönte beinahe das Rollen der See.

Die Sklaven hockten mit zusammengebundenen Beinen hinten im Dunkel. Macha wagte nicht, sich ihnen zu nähern, nur einmal warf sie dem Mädchen, das blicklos und dumpf vor sich hinstarrte, ein Stück Brot und Käse vor die Füße. Zuerst glaubte Macha, das Kind habe nichts bemerkt, aber plötzlich schnellte seine kleine, magere Hand vor, es packte blitzschnell die beiden Stücke und verschlang sie gierig wie ein Tier. Macha sagte etwas in ihrer Sprache, doch das Kind schaute sie nur verständnislos an und schüttelte abwehrend den Kopf.

Die Männer vertrieben sich die Zeit auf Deck mit Geschichtenerzählen, und Laris gab ab und zu eines seiner

Gauklerstücke zum besten. Manchmal übersetzte er für Macha, etwa die schreckliche Geschichte von den griechischen Seefahrern, die auf einer Insel von einer jungen schönen Hexe in Schweine verwandelt worden waren.

Umbal saß jeweils dicht an der Seite seines Herrn und hörte ernst und aufmerksam zu. Ab und zu legte Laris seinen Arm um seine schmalen Schultern, dann lehnte sich der Junge mit geschlossenen Augen gegen ihn.

Am Morgen des dritten Tages klarte der Himmel auf. Ein steifer Nordwind jagte die Wolken über den Horizont. Das Schiff hatte sich jetzt von der Küste abgewandt und Kurs nach Süden genommen.

Jeder Tag hätte sich ohne Unterschied an den anderen gereiht, wäre nicht eines Abend dieser fatale Streit entbrannt. Die Männer sprachen über dies und das, Macha saß daneben und schnappte ab und zu ein Wort auf – ›Massilia‹ hörte sie immer wieder, ›Rasna‹ und ›Eridanos‹.

Da begannen sich die Männer plötzlich anzuschreien, und von einem Augenblick zum anderen wuchs sich der Streit zu einer Rauferei aus. Der Dicke, der eifrig Partei für den Schiffer ergriffen hatte, ging auf Laris los, aber da sprang Umbal auf. Rot vor Zorn und mit flammendem Blick stellte er sich vor seinen Herrn und streckte die Arme nach vorne. Macha sah mit Entsetzen, wie der Sklavenhändler seine Faust in die Luft schwang. Der Junge bückte sich, aber zu spät – der Schlag traf ihn mit voller Wucht an der Schläfe. Umbals Knie gaben nach, er fiel der Länge nach hin.

Macha schrie auf. Sie rannte zu dem Jungen, der reglos auf den Planken lag, und drehte ihn auf den Rücken. Aus seinem Gesicht war alles Blut gewichen.

»Was tut ihr da!?« schrie sie. »Umbal! Umbal!« Wie von Sinnen schüttelte sie den schmalen Körper, aber Umbal gab keine Antwort. Mit gebrochenen Augen starrte er in den Himmel über ihnen.

Laris kniete sich nieder und nahm Umbal in die Arme. Er war weiß im Gesicht, entsetzt schaute er in die Runde.

»Macha, er ist tot«, sagte er tonlos, »er ist tot, er ist...«

Es war vollkommene Stille, man hörte nur das Schlagen der Wellen gegen den Schiffsrumpf. Langsam ließ Laris den Jungen auf den Boden gleiten, stand auf und ging weg, auf die andere Seite des Decks. Aber plötzlich wandte er sich um, stürzte sich auf den Dicken und begann ihn zu würgen.

Ein Matrose riß die beiden auseinander und warf sie gegen die Reling.

Laris klammerte sich keuchend fest.

Er schrie, schrie so laut er konnte. Macha stand händeringend daneben und schaute immer wieder auf Umbal, der dort hingestreckt lag, ganz klein und still und wie aus einer anderen Welt.

Laris saß den ganzen Tag über bis zum Einbruch der Dunkelheit reglos auf Deck, den Jungen in den Armen. Neben den beiden hockte Arim mit hängendem Kopf.

Macha wagte sich nicht in ihre Nähe. Sie kauerte inmitten eines Knäuels von Tauen und weinte still vor sich hin.

Die Sonne tauchte blutrot hinter die Wolken, als Laris aufstand, sachte den Körper des Jungen auf den Boden gleiten ließ und sich wortlos in seine Decke wickelte.

Macha legte sich neben ihn. Über ihnen wölbte sich ein großer Himmel, im Osten funkelten die ersten Sterne.

Mit gurgelnden Geräuschen durchschnitt der Kiel die Wellen, der Wind zerrte an den Tauen und am Segel.

Hinten im Heck stand schweigend der Steuermann und hielt das Ruder.

Laris weinte lautlos. Macha legte ihre Hand auf seine Stirn.

»Macha«, flüsterte er nach einer Weile. »Ich habe ihn geliebt wie einen Sohn. Verstehst du? Er hatte es gut bei mir. Hätte ich mich doch nicht auf diesen dummen Streit eingelassen, ich bin auch schuld an seinem Tod! Der Dicke, dieser unselige Mensch! Oh, der Fluch aller Himmel möge sich auf ihn niedersenken, Macha!«

»Hör auf«, sagte Macha erschrocken, »das darfst du nicht...«

Laris hörte nicht hin. Er sprach ganz leise, sie verstand ihn kaum. »Ich verwünsche ihn, verflucht sei er und bestraft, er und seine Kinder und Kindeskinder bis ins vierte Glied! Mögen sich Untiere und Dämonen in seinen Träumen einnisten und ihm den Schlaf rauben bis ans Lebensende! Ein jeder Wellenkamm möge diese Botschaft an die Gestade Tuskiens tragen: Die Götter der Erde, der Wasser und des Himmels sollen nicht ruhn, ihn zu verfolgen, bis seine ausgebleichten Gebeine auf dem Grund des Meeres liegen. Oh!«

Seine Stimme erstarb. Plötzlich rollte er sich nahe zu Macha und legte seinen Mund an ihr Ohr.

»Du wirst mir einen Sohn schenken«, murmelte er. »Einen Sohn mit grünen Augen und deiner hohen Stirn. Nicht wahr, das wirst du, Macha?«

»Nein«, antwortete Macha leise. »Er wird dunkle Augen und schwarze Haare haben, und Grübchen in den Wangen wie du, und...«

Laris unterbrach sie. »O nein. Es wird eine Tochter sein, mit deiner Gestalt und deinen kupferfarbenen Haaren. Oder beides! Ein Sohn und eine Tochter...«

Er legte seinen Kopf in ihren Schoß und starrte in den Himmel. Über ihnen stand die Große Bärin, im Westen blinkte das Siebengestirn der Plejaden.

»Töchter des Atlas«, murmelte Laris, »wie gut ihr es habt dort oben im ewigen Kreisen des Alls, sicher vor Orions Begierde! Wir Menschen sind rastlos und finden keine Ruhe im Sog unseres Schicksals.«

»Was hast du gesagt?« wisperte Macha.

»Nichts, nichts, sei ruhig und schlafe.« Er zog die Decke über Machas nackte Füße.

Der Morgen graute, als Laris aufstand, den toten Jungen aufhob und ihn, mit einem Gebet auf den Lippen, den Wellen übergab. Macha hörte, wie der Körper auf dem Wasser aufschlug.

Bei Anbruch der Tages näherte sich eine Schar von großen Fischen dem Schiff und begleitete es bis zum Sonnenuntergang. Macha konnte sich nicht sattsehen an den silberglänzenden Rücken und Flossen, die in verspielter Anmut aus dem Wasser schnellten und wieder unter die Wellen tauchten, unermüdlich, immer und immer wieder.

»Ihr Delphine!« rief Laris. »Gebt ihm euer fröhliches Geleit!«

Ein Tag verging, dem eine kühle und sternenklare Nacht folgte. Macha erwachte am anderen Morgen mit einem seltsamen Gefühl. Etwas war anders, ungewohnt und beunruhigend. Sie drehte sich auf den Rücken und öffnete die Augen – das Segel war straff an der Rah aufgerollt, das Schiff bewegte sich nicht. Von weit her hörte sie Stimmengewirr.

»Den Göttern sei Dank«, flüsterte sie, »den Göttern sei Dank.«

Ein beißender Geruch erfüllte die Luft. Macha hustete, als sie sich erhob und sich anschickte, ihre Sachen aus dem Frachtraum zu holen. Eben kam Laris die Leiter heraufgeklettert.

»Dieser Gestank hier«, sagte er, »schrecklich! Nicht umsonst wird die Insel von den Griechen *aithaleia*, ›die Rauchgeschwängerte‹, genannt! Macha, wir sind hier, und ich werde mich sofort nach einer Überfahrt umsehen.«

Macha kicherte.

»Was hast du? Was findest du so lustig?« fragte er.

»Dein Bart! Es sieht ungewohnt aus.«

Er strich sich mit der Hand über das Gesicht.

»Ja, ja«, sagte er nur, »das gehört auch zu den Schiffsreisen.«

Das Schiff lag im Hafen einer kleinen Stadt, deren Hinterland von Kupfer- und Eisenerzminen durchlöchert war. Aus den Hochöfen außerhalb der Stadtmauern, wo das Erz geschmolzen wurde, stieg schwarzer Qualm, der die Luft verpestete.

Sie übernachteten in einer schmutzigen, lauten Herberge, die von Händlern bevölkert war. Da gab es Ionier, die nach Süden reisen wollten, und Rasna mit diesen spitz zulaufenden Schuhen, die auch Laris trug, mit langen oder kurzen Röcken und lose um die Schultern geschlagenen bunten Umhängen, andere mit nacktem, sonnengebräuntem Oberkörper, ein Tuch auf den Hüften geknotet, von Pocken gezeichnete Männer und solche mit häßlichen Narben im Gesicht. Macha sah auch zwei von ihrem Volk, große, stämmige Kelten mit heller Haut und einem Haarknopf auf der Stirn.

Auch der Sklavenhändler vom Schiff übernachtete dort. Als sich die Dunkelheit über den Hafen gesenkt hatte, erhob sich Laris. Er deutete mit dem Daumen nach draußen, wo der Dicke betrunken über der Kaimauer hing und lauthals auf den Mond einredete.

»Du bleibst hier«, befahl er Macha. »Ich werde mich um diesen Schuft dort kümmern.«

»Warum, was willst du von ihm?« fragte Macha besorgt. »Ist es wegen Danuth?«

»Warte. Ich werde es dir gleich sagen.«

Arim hüpfte auf Machas Schulter. Sie stand dort, an den Türpfosten gelehnt, und schaute ängstlich zu, wie Laris zu dem Dicken trat, auf ihn einredete, ihm die Spitze seines kleinen Messers in den Nacken drückte. Der Mann duckte sich, mit weinerlicher Stimme beantwortete er Laris' aufgeregte Fragen. Zu guter Letzt gab Laris dem Betrunkenen einen Stoß, so daß dieser beinahe über die Mauer gefallen wäre.

»Ich wollte von ihm erfahren, ob er etwas über die Sklaven wisse, die im letzten Sommer nach Massilia gekommen sind«, sagte er, als er zurückkam und Machas fragenden Blick sah. »Der Dummkopf. Viel war aus ihm nicht herauszubekommen, aber immerhin wußte er, daß im Monat Xosfer des vergangenen Jahres ein Kelte namens Vorainis Sklaven aus dem Norden gebracht hat. Ein gewisser Autu, der in Ruma verkehrt, soll die Ware nach Graviscae, der Hafenstadt von Tarchna verschifft haben. Vielleicht weiß der etwas von Danuth.«

Macha fiel Laris um den Hals. »O Laris«, sagte sie. »Ich bin froh, daß du ihn gefragt hast. Und wo findet man diesen Autu in Ruma? Wo liegt überhaupt Ruma?«

»Er hält sich angeblich öfter in der Herberge eines gewissen Velches Elanthre auf, der ein Günstling des dortigen Königs ist. Wir werden sehen. Irgend einmal werden wir ohnehin nach Ruma fahren müssen. Ich habe einen

Freund dort. Ruma ist die Stadt, die von allen Rasna-Städten am weitesten im Süden liegt.« Er schüttelte sich. »Dieser Widerling. Ich hoffe, er wird mir nie mehr über den Weg laufen.«

»Sag mal.« Macha zögerte einen Augenblick. »Worüber ... habt ihr euch eigentlich auf dem Schiff gestritten? Du hast dich sehr ereifert.«

»Ach, ich ... ich habe abschätzig über Massilia gesprochen. Der Schiffer wollte sich das nicht gefallen lassen, er hat mich herausgefordert ... Ja, und dann ... eigentlich weiß ich gar nicht mehr so recht, wie das kam. Ich mußte mich mit Worten verteidigen, mich, unser Land, unsere Frauen ... Macha«, er raufte sich die Haare, »wäre das doch alles nicht geschehen!«

Am andern Morgen machte Laris noch ein paar Geschäfte, tauschte Pelze und Gold gegen Silberplättchen aus den Tolfa-Minen und kaufte Lebensmittel ein. Er kam verärgert vom Markt zurück.

»Das einzige Schiff, das in den nächsten Tagen fährt, ist ein Frachter, der morgen früh nach Süden aufbricht, um Getreide zu holen«, sagte er. »Es ist unsicher, ob wir sonst überhaupt noch ans Festland gelangen. Wir sind spät in der Jahreszeit, die Schiffe werden bald in die Häfen zurückkehren. Also – entweder warten wir hier, bis uns die Glieder verdorren, oder wir fahren statt nach Osten eben nach Süden. Ich denke, wir fahren nach Süden. Ein Winter in Caisra ist auch nicht zu verachten.«

»Caisra?« fragte Macha. »Was ist in Caisra?«

»Caisra ist meine Heimatstadt und der Ort, wo meine Eltern leben. Ist das nicht Grund genug, um nach Caisra zu fahren?«

Macha fand, daß dies ein guter Grund sei – was sollte

sie schon anderes dazu sagen? Sie konnte ohnehin nicht mitreden, Laris brauchte sie erst gar nicht nach ihrer Meinung zu fragen!

Und so bestiegen sie am anderen Tag den Zweimaster, der zuerst in Pupluna, der Küstenstadt, eine Ladung Erz löschen und dann Kurs auf Caisra nehmen sollte, um Getreide zu laden.

Felsina oder Caisra – Macha war das einerlei, sie hatte ohnehin endgültig genug von dem Meer und diesen Schiffen mit den lauten und unhöflichen Passagieren. Sie war schlecht gelaunt.

»Wann sind wir endlich dort, wann, wann, wann?« rief sie. »Immer nur Wasser! Mein Kopf wird langsam krank! Und ich bin schmutzig! Hier, schau mich an!«

Sie raufte sich die klebrigen und feuchten Haare.

»Wann kann ich mich endlich wieder einmal waschen? Und meine Haare? Ja, Haare! Daß ich nicht lache! Ich sehe wahrscheinlich aus wie ein Igel! Ha! Ich habe genug davon!«

Laris lachte. »Ein Igel, der die Stacheln aufstellt, ja, genau das bist du!«

Dazu stellte sich ihr ein neues Problem: Sie hatte ihre Regel, zum ersten Mal, seit sie aufgebrochen waren. Auch das noch! In der ganzen Aufregung hatte sie vollkommen vergessen, daß das irgendwann einmal fällig war. Die letzten Tage ihrer Reise brachte sie mit zusammengekniffenen Beinen hinter sich, denn die filzigen Stücke, die sie von ihrem Wollmantel weggeschnitten hatte, nützten nicht viel. Im Schutze der Nacht, als die Passagiere auf ihren zusammengerollten Umhängen schliefen und schnarchten, wusch sie die Fetzen mit dem Löschwasser, das in Eimern bereit stand.

Zum Glück dauerte die Reise nicht mehr lange. Weil

der Schiffer die günstigen Winde nutzte, fuhren sie schon am Abend des dritten Tages im Hafen von Pyrgi ein.

»Meine Gefährtin, willkommen in meiner Heimat.« Laris lachte. »Unsere Götter seien dir gnädig. Und die Erde Tuskiens möge geehrt sein, wo immer du deinen Fuß hinsetzt.«

Machas Herz pochte heftig. Sie guckte über Laris' Schulter zum Meer und zum Horizont, wo eben die Sonne hinter das Wasser sank.

4. Kapitel

Ein kühler Wind fegte durch die Gassen des Hafenstädtchens, als sie die Herberge aufsuchten, wo Laris für diese Nacht bleiben wollte. Macha war müde und froh, endlich wieder festen Boden unter den Füßen zu haben. Ja, es war ihr sogar einerlei, als Laris sie verließ – »für einen Augenblick«, wie er sagte.

Eine Sklavin brachte sauberes Wasser und Tücher, um den Ankömmlingen die Füße zu waschen. Endlich! Macha war so begeistert, daß sie sich die ganze Kanne über den Kopf leerte. Das junge Mädchen machte große Augen und rannte erschreckt zur Tür hinaus. Als Laris zurückkam, war Macha eben daran, sich in ein Tuch einzuwikkeln, und auf den Bodenplatten hatte sich eine große Pfütze gebildet.

»Gut so«, sagte er und lachte. »Jetzt, meine Geliebte, ist mit dem Versteckspiel ohnehin Schluß.« Und er faltete die Stoffe auseinander, die er über dem Arm trug. »Hier sind deine Kleider. Ein Wagen wird uns morgen nach Caisra bringen. Ich habe einen Boten geschickt, der meinen Eltern unsere Ankunft melden soll. Die werden Augen machen! Das sollst du bei der Begrüßung sagen: ›Hier bin ich, Macha, Tochter der Mordech und des Tiot, gegen Wein und Gefäße die hübsche Frau von Laris.‹ Und daß du mir zuerst den Namen deiner Mutter nennst, nicht den des Vaters. Das ist die Regel bei uns. Der Mutter wird Ehre angetan vor allen andern, denn sie ist die Hüterin des Lebens.«

Macha schaute Laris kopfschüttelnd an. Wie sollte sie das sagen? Laris' Mutter würde kein Wort verstehen, wenn sie, Macha, den Mund aufmachte.

Er legte die Gewänder sorgfältig auf die Bettstatt: Das Kleid, türkisfarben mit dunkelgrünen Linien an den Ärmeln, war so leicht, daß ein sachter Windstoß das Tuch blähte, als Laris die Tür schloß. Der Umhang aus feinster Wolle hingegen war rostrot und gesäumt von einer dunkelgelb gepunkteten Borte. Laris hatte auch Schuhe aus Schweinsleder gebracht, die vorne spitz zuliefen und über den Fesseln mit einem Lederband geschnürt wurden.

Macha fuhr staunend mit den Fingern über die Stoffe. Wie weich sie waren! Wie wunderbar sie sich anfühlten! Ich weiß gar nicht, wie ich diese Sachen anziehen muß ... das war ihr letzter Gedanke, bevor sie erschöpft einschlief.

Als ihr dann am anderen Morgen Laris half, das Kleid auf der Schulter mit den neuen Gewandspangen festzumachen, ihr die Schuhe schnürte und den Umhang über die Schultern legte, da versuchte sie sich vorzustellen, was die zu Hause wohl sagen würden, wenn sie sie jetzt sehen könnten – Uri, Roine, und Tiot ...

Sie band die Haare mit einem Tuch über der Stirn zurück.

Laris war sprachlos.

»Macha!« rief er. »Bei allen Göttern! Du bist wunderschön, ein Geschenk des Himmels! Du siehst aus wie ein strahlender Herbsttag! Ich wette, daß du in Caisra Neiderinnen haben wirst!«

Macha schaute Laris spöttisch an. Was der wieder für Einfälle hatte! Er übertrieb es mit den Beschwörungen ihrer Schönheit. Sie verstand das nicht. Viel zu dünn war sie, und das Gesicht, das sie damals im Spiegel gesehen hatte, war zu schmal, und die Augen, fand sie, standen zu weit auseinander. In Massilia hatte sie Frauen gesehen, die man schön nennen konnte, ja – mit dicken dunklen Haaren, üppigen Lippen, runden Schultern und diesem wiegenden Gang, den sie, Macha, mit ihren schmalen Hüften niemals zustande bringen würde. Aber sie dachte, es sei sinnlos, Laris danach zu fragen, warum er sie schön fand. Ihre Begegnung war schicksalshaft gewesen. Der Vogel, ihr Vogel hatte sie zusammengeführt. Hätte jemand Macha gefragt, weshalb sie Laris liebte, sie hätte die Antwort auch nicht gewußt. Seiner lachenden Augen wegen? Ja, das sicher, aber nicht nur deshalb.

Als ob Laris ihre Gedanken lesen könnte, sagte er: »Worüber sinnst du nach, Macha? Die Schönheit ist vergänglich, ja ... Aber jetzt schließ die Augen.«

»Weshalb?«

»Frag nicht, du wirst es gleich sehen.«

Sie kniff die Augen zu, hörte, wie eine Büchse geöffnet wurde, und dann ein feines Klirren.

»Aufmachen!« sagte Laris. In seinen erhobenen Händen hielt er zwei kleine Goldgehänge, die oben kleine Blättchen hatten und unten in einem Tropfen endeten. Macha riß die Augen auf.

»Für mich? Woher ...«

Laris hielt ihr mit der einen Hand den Mund zu.

»Sei still und frag nicht. Sie sind für dich, Herbsttag, und sie sollen dich schmücken wie die glänzenden Trauben den Weinstock. Und jetzt komm, wir gehen zum Tempel.«

Macha betrachtete staunend die goldenen Gehänge, die in ihrer Handfläche lagen. Sie legte sie zurück in die Büchse und schloß vorsichtig den Deckel.

Sie nahmen die Straße, die vom Hafen am Ufer entlang nach Süden führte. Von weitem schon sah Macha den großen Tempel. Er stand nicht weit vom Ufer entfernt, die Front mit der Halle aus zwei Reihen buntbemalter Holzsäulen war gegen das Wasser gerichtet. Rund um das Gebäude gab es Stände, wo die verschiedensten Waren angeboten wurden. Ein aus Steinen errichteter Altar stand vor der Treppe, Ziegen zupften an den kargen Grasbüscheln, die zwischen den Steinplatten hervorguckten. Der Tempel mußte neu sein – das Holz des Gebälks war noch ganz hell, und es roch nach Harz.

»Kommst du mit hinein?« fragte Laris. »Ich möchte der Göttin gemeinsam mit dir für die gute Reise danken und dafür, daß sie uns zusammengebracht hat.«

»Der Vogel«, korrigierte ihn Macha. »Unser Vogel hat uns zusammengebracht. Wer ist die Göttin?« fragte sie. »Ist sie uns wohlgesinnt? Und weshalb willst du gerade ihr danken, Laris?«

»Sie ist Uni, die Herrin der Toten und Herrscherin über die Seelen, die als Sterne im Himmelsdunkel glühen. Sie ist die allzeit Erschaffende und allzeit Zerstörende. Ohne sie gibt es keinen Anfang und kein Ende, und deshalb gilt ihr mein Dank.«

Er nahm Macha bei der Hand, wandte sich um und stieg, ohne auf eine Antwort zu warten, die breite Treppe zum Eingang des Tempels hinauf.

»Laris, warte, ich ...«

Laris bedeutete ihr zu schweigen. Er zeigte mit dem Daumen zum Giebel hinauf. Dort waren in dem langgezogenen Dreieck über den Säulen seltsame Figuren aus Ton eingelassen.

Sie traten in das Halbdunkel des Tempels ein. Es war still. Gedämpftes Licht fiel durch die Schlitze im Gesims unter den Dachbalken. Den Wänden entlang standen oder lagen größere und kleinere Figuren aus Ton oder Holz, manche in Menschenform, es gab aber auch kleine Kühe oder einzelne Hände, einzelne Beine oder Köpfe, auch Nachbildungen von Wickelkindern waren darunter.

In der Mitte der Halle war eine Art Kammer. Als Machas Augen sich an die Dunkelheit gewöhnt hatten, stockte ihr fast der Atem: Durch die Türöffnung konnte man ein Podest mit einer überlebensgroßen Figur aus Holz und Ton sehen. Es war eine Frauengestalt mit langen, über die Schultern fallenden gelockten Haaren. Ihr Gesicht war fein geschnitten und bemalt. Die großen, mandelförmigen Augen schienen in die Unendlichkeit zu blicken. Die Frau saß auf einer Art Thron und hatte die Füße nebeneinander auf den Boden gestellt, die Hände waren auf ihre Knie gelegt. Noch nie im Leben hatte Macha etwas Ähnliches gesehen.

»Uni-Astarte«, flüsterte Laris, »sie gibt und nimmt Leben, wann immer sie will.«

Macha erschauderte. »Ich habe Angst«, sagte sie atemlos. »Diese Göttin ... ich will hinaus, bitte ...«

»Warte.«

Laris kramte in den Tiefen seines Rockes und holte ein paar hauchdünne Silberplättchen hervor, die er in einen rund um die Kammer laufenden Graben warf. Er murmelte seltsame Worte dabei, und Macha hörte auch ihren Namen, und den Namen von Umbal.

Dann verneigte sich Laris dreimal und bedeutete Macha, es ihm nachzutun. Stimmen kamen von draußen, zwei Männer betraten den Tempel. Laris und Macha wandten sich um und verließen den Raum. Die Helligkeit draußen blendete sie. Macha hielt ihren Arm über die Augen, als sie die Treppe hinuntergingen, und deshalb sah sie nicht, daß Laris weinte.

Die Wagenfahrt von Pyrgi nach Caisra war kurz. Trotz der Jahreszeit stach die Sonne vom Himmel. Hinter dem Lenker war ein Schirm aufgespannt, der hin und her schwankte. Macha hockte dort im Schatten, Arim zwischen den Beinen, der neugierig über den Wagenrand guckte.

»Schau, dort ist Caisra!« rief Laris, der vorne beim Lenker auf der schmalen Holzbank saß, und zeigte mit ausgestrecktem Arm nach vorne. Macha hob den Kopf. Vor ihnen lag ein Plateau, dessen Rand von einer hohen Steinmauer umgeben war. Auf der einen Seite führte die in den Fels gehauene Straße in einem großen Bogen hügelaufwärts. Bald hielt der Wagen vor einem mächtigen halbgeöffneten Holztor, der Lenker rief ein paar Worte, sie fuhren über die holprigen Holzbohlen jenseits des Tors, und dann schlug der Lärm der Stadt über ihnen zusammen. Die Straße war links und rechts gesäumt von Häusern. Macha staunte. Diese Häuser hier waren ganz anders gebaut als in Massilia, sie waren aus Holz und Lehm und hatten an der Stirnseite bunt bemalte Tonplatten in Form von Blättern und seltsamen Fratzen.

Neugierige Blick folgten dem Wagen, der nun in eine Nebenstraße einbog, einige Hunde kamen kläffend aus einer Gasse gefegt.

»Wir sind hier«, rief Laris über die Schulter.

Der Wagen holperte über einen Platz, fuhr eine efeuumrankte Mauer entlang, bog scharf nach rechts um die Ecke und hielt vor einer mächtigen, von Pfeilern flankierten Holztür an. Über dem Türsturz waren einige Zweige vom Eibenbaum aufgehängt. Neben den Pfeilern standen zwei Sessel aus Weidengeflecht, einer von ihnen war mit einem weißen Tuch verhängt. Laris sprang vom Bock, ging rund um den Wagen, hob Macha von der Wagenbühne und stellte sie mit so viel Schwung auf den Boden, daß ihr fast schwindelig wurde.

»Willkommen im Haus meiner Mutter und meines Vaters«, sagte er.

Machas Herz klopfte. Eben wollte sie etwas sagen, als die Tür aufgerissen wurde und ein Mädchen in einem roten Kleid herausstürmte, hinter ihm ein kleines, halbnacktes Kind mit einem gelben Lendentuch. Das Mädchen stieß einen Schrei aus und warf sich Laris an den Hals. Es war sehr bleich, die langen schwarzen Haare fielen ihm fast bis auf die Hüften. Laris wirbelte das Mädchen herum und lachte, während Macha verlegen daneben stand. Das kleine Kind mit den großen schwarzen Augen und hellen Haaren kletterte behende auf einen der Weidensessel, von wo aus es alles aufmerksam und, wie es Macha schien, spöttisch beobachtete.

Endlich wandte sich das Mädchen zu Macha und lächelte scheu. Die mandelförmigen Augen, das schmale Kinn und die feingebogene Nase erinnerten Macha an das Gesicht der Göttin, die sie gestern im Tempel von Pyrgi gesehen hatte. Die Haut schien fast durchsichtig, unter den Augen lag ein Schatten.

»Das ist meine Schwester, Thana!« rief Laris. »Ich habe sie fast nicht wiedererkannt!«

Er nahm Macha bei der Hand und sagte etwas zu dem Mädchen. Thana wandte sich um und schaute Macha argwöhnisch von der Seite an. Sie legte die flache Hand an die Stirn, neigte den Kopf und trat zur Seite.

Macha blickte hilfesuchend zu Laris, aber da wurden Stimmen laut, und unter der Tür erschienen eine kleine rundliche Frau, eine zweite, die Thana ähnlich sah, und ein junger Mann. Sie standen dort unter dem wuchtigen Holzbalken des Türsturzes, reglos und ohne ein Wort zu sagen. Laris ging einige Schritte auf sie zu, blieb zögernd stehen, und Macha bemerkte, daß Thana verzweifelt ihre Blicke zwischen Laris und den andern vor dem Haus hin und her gleiten ließ. Jetzt sagte die Frau etwas und zeigte auf den verhangenen Sessel und auf die Eibenzweige mit den rot glänzenden Beeren, die über der Tür hingen. Laris Augen wurden schmal, sein Mund öffnete sich, als wollte er etwas sagen, aber er blieb stumm. Ein Ausdruck höchster Not glitt über sein Gesicht, aus dem alle Farbe gewichen war.

Macha erschrak. Es ist wegen mir, dachte sie, sie wollen nicht, daß ich hier bleibe...!

»Laris!« rief sie leise. »Laris!« Er wandte sich um.

»Mein Vater ist vor zwei Monaten gestorben«, sagte er mit tonloser Stimme und deutete auf die Zweige. »Das Unglück verfolgt mich.«

Macha wurde von Thana bei der Hand genommen und ins Haus geführt. Unvermittelt sah sie sich in einem niedrigen, halbdunklen Raum, dessen Decke in der Mitte von einem wuchtigen Holzpfeiler abgestützt war. Rund um diese Säule lief eine Bank mit Kissen. An den Wänden waren Blättergirlanden aufgehängt, deren erdiger Geruch den Raum erfüllte. In einer Ecke brannte ein Feuer.

»Macha, das ist Tanchvil, meine Mutter«, sagte Laris

und schob Macha vor die Frau, die ihm sehr ähnlich sah. Sie war klein und rundlich und trug eine hohe Haube, unter der goldene Ohrgehänge hervorguckten. Ohne eine Regung im Gesicht berührte die Frau Macha an der Schulter und sagte etwas. Ihre Stimme war dunkel.

Macha schluckte. Hier bin ich, Macha, Tochter der Mordech..., dachte sie bei sich, aber sie blieb stumm.

»Sie haben sie für dich aufgehängt.« Laris deutete mit einer matten Handbewegung auf die Blättergirlanden. Er hatte sich auf eine der Liegen fallen lassen, das Gesicht in die Hände gestützt und weinte leise vor sich hin.

Die Frau neigte mit geschlossenen Augen den Kopf, legte, wie zuvor Laris' Schwester, mit eigenartiger Gebärde die flache Hand auf die Stirn und wandte sich ihrem Sohn zu.

Das seltsame Kind, das mit Aule angesprochen wurde, stand hinter der Holzsäule, zupfte an seinem gelben Lendentuch und starrte Macha unverwandt an.

Macha schaute sich betreten um. Da rief endlich die Frau eine Sklavin herbei, die Wein und Wasser brachte; das Trankopfer des Begrüßungsrituals wurde ausgegossen. Man stellte zwei kleine Holzschemel hin und bedeutete Macha, daß sie sich setzen solle. Als die dunkle Sklavin begann, die Bändel der Sandalen zu lösen, wehrte Macha erschreckt ab und zog ihre Füße unter den Schemel. Thana kicherte.

»Du sollst Füße und Hände vorhalten«, herrschte Laris Macha an, »man wird dich waschen, das gehört zum Willkommensgruß.«

Das Mädchen kniete sich nieder, hob Machas rechten Fuß sanft hoch und stellte ihn in das bronzene Becken mit warmem Wasser, das vor ihnen auf dem Boden stand. Sie fuhr mit der Hand über Knöchel und Zehen, über die

Fußsohle und Ferse, dann stellte sie Machas Fuß auf ihr Knie und trocknete ihn mit einem weichen Tuch ab. Während sie still vor sich hinlächelte, goß sie aus einem kleinen, eiförmigen Gefäß etwas Öl in ihre Hände und rieb damit die Füße ein. Macha fühlte die Bewegungen der flinken kleinen Finger wie einen warmen Strom durchs Bein fließen.

Die Sklavin erhob sich, und Macha lächelte ihr scheu zu. Da kicherte Thana wieder, und Laris stieß seinen Ellbogen in ihre Seite.

»Bei Sklaven soll man sich nicht einschmeicheln«, sagte er unwirsch.

Macha schaute Laris fragend an. Das Mädchen legte, ohne eine Regung im Gesicht, die Handfläche an die hohe Stirn und verneigte sich leicht.

Jetzt sollte ich ihnen wohl die Geschenke geben, die ich mitgebracht habe, dachte Macha. Aber sie wagte nicht, Laris zu fragen, ob dies der richtige Augenblick sei, und da niemand etwas Ähnliches von ihr zu erwarten schien, ließ sie es schließlich bleiben.

Später zeigte ihr Laris das Haus, zog sie durch die Nebenräume, in denen ledergegürtete Betten mit wunderbar weichen Decken standen – »feinstes Wollgewebe von Milet«, sagte er lachend –, dann durch den Hof hinter dem Haus mit dem Ziehbrunnen, dem dunklen Blätterdach und dem Käfig mit der Singdrossel, den Keller mit den Vorräten, den Öl- und Weinamphoren.

Später, als man, von Kissen gestützt, auf diesen seltsamen Liegen lag, bemerkte Macha, daß auf der einen Seite des Raumes eine Art Schrein war. Darauf standen kleine Tonfiguren und allerlei Geräte, und daneben waren bronzene Leuchter mit brennenden Kerzen.

Ich muß Laris fragen, was das ist, dachte sie.

Ihr war schrecklich zumute. Sie wagte kaum die Augen zu heben, fühlte neugierige Blicke auf sich ruhen. Ab und zu blickte sie dennoch verstohlen in die Runde, um zu schauen, wie die anderen das mit den Speisen machten, die aufgetragen wurden. Alle redeten laut miteinander, und von alldem verstand sie kein Wort. Der junge Mann, den man mit Ximantre anredete, mußte ein Spaßvogel sein, denn jedesmal, wenn er etwas sagte, lachten alle, sogar Laris, dem doch die Nachricht über den Tod seines Vaters noch ins Gesicht geschrieben stand. Er beachtete Macha kaum.

Arim, das Äffchen, eilte hierhin und dorthin, setzte sich ab und zu auf Machas Schulter oder kauerte sich neben Laris und bettelte um Pinienkerne.

Das Kind mit den hellen Haaren hockte die ganze Zeit über auf einem Schemel und beschäftigte sich mit einem pelzigen gefleckten Tier, das auf seinem Schoß saß und sich streicheln ließ. Dem Jungen – oder war es ein Mädchen? – schien Macha völlig gleichgültig zu sein, und dennoch hatte sie das Gefühl, sie werde unentwegt von diesen dunklen Augen beobachtet.

Es war das schönste Kind, das Macha je gesehen hatte. Seine feinen Gesichtszüge waren vollkommen ebenmäßig. Lange dunkle Wimpern überschatteten die großen Augen, und die Bewegungen seiner Hände, seines Kopfes waren von einer solchen Anmut, daß Macha fast nicht wegschauen konnte. Immer wieder wandte sie den Kopf zu dem Kind, und wenn sich ihre Blicke zufällig trafen, lächelte es und schlug die Augen nieder.

Plötzlich stieß es das Tier von seinen Beinen und kletterte auf den Schoß der jungen Frau, die Laris als seine ältere Schwester Matuna vorgestellt hatte. Die Frau liebkoste das Kind, küßte und streichelte es, was Macha irgendwie befremdete, sie wußte nicht weshalb.

Endlich war es Zeit, sich zurückzuziehen. Laris nahm Macha an der Hand, und sie folgte ihm in die kleine Kammer, wo sie wohnen sollten. Sie war verwirrt. Erschöpft ließ sie sich auf die Bettstatt fallen und schloß die Augen. Kleine Lichtblitze durchzuckten ihren Kopf, ihr Herz hämmerte wie verrückt. Wie sollte sie das alles aushalten? All diese überwältigenden Dinge, die sie gesehen hatte? Diese fremden Menschen? Macha hatte das Gefühl, als würde sie von ihnen gar nicht richtig wahrgenommen. Sie blickten sie zwar freundlich an, aber ihre Augen waren so, als schauten sie durch sie hindurch.

Und dieses wunderschöne Kind, Aule ... Macha mußte immerfort an das zarte Gesicht denken. Doch plötzlich zerfloß das Bild vor ihren Augen, und statt dessen tauchte das Antlitz der Göttin im Tempel von Pyrgi auf. Sie sah die hohe Gestalt dort auf ihrem Thron, mit diesem unbeschreiblich schönen Gesicht ... Die Göttin lächelte Macha zu. ›Komm, komm‹, schienen die grellroten Lippen zu sagen, ›komm, ich zeige dir, was du noch nie geschaut ...‹

Macha begann zu zittern. Und mit einem Mal wußte sie es ... Hinter der vollkommenen Schönheit dieses Antlitzes taten sich Abgründe auf, himmlische Anmut paarte sich darin mit Zerstörung und Tod. Hatte Laris nicht gesagt, diese Göttin sei die allzeit Erschaffende und allzeit Zerstörende? Das Gesicht begann vor Machas Augen zu verschwimmen und verwandelte sich in eine Fratze mit feurigen Augen, der Mund war wie zu einem Schrei erstarrt. Macha riß die Augen auf, um dieses schreckliche Bild auszulöschen, und preßte ihr Gesicht in das Kissen. Da sah sie an der Stelle der Fratze wieder dieses kleine Kind auf dem Weidensessel sitzen, mit angezogenen

Knien und den großen, unendlich schwarzen Augen, die sie unverwandt anstarrten.

Macha schmiegte sich in Laris' Arme, und er hielt sie fest, bis sie spürte, wie seine Hand erlahmte, und sie seinen regelmäßigen Atem hörte. Aber sie konnte lange nicht einschlafen.

Gleich am anderen Morgen erfuhr Macha, was es mit dem kleinen Schrein auf sich hatte. Im Angesicht der tönernen Ahnenfiguren wurde das gemeinsame Schicksal von Laris und Macha als Mann und Frau den Göttern in die Hand gegeben. Eine Schale mit dem Blut eines frisch geopferten Lammes wurde auf den Altar gestellt, daneben legte man eine aufgeschnittene Frucht – es war dieselbe, die Macha damals auf dem Schiff gegessen hatte –, einen Olivenzweig, einige Gänseeier. Tanchvil streute Hirse und kleine Blütenblätter über Macha und Laris und fuhr ihnen mit einem Birkenzweig über die Schläfen, murmelte Worte, die seltsam klangen, und küßte beide auf die Stirn.

Macha hielt sich starr aufrecht, denn die Hirsekörner waren heruntergerutscht und kitzelten sie im Nacken. Mit einem Trankopfer wurde Machas Anwesenheit als Laris' Frau im Haus der Tanchvil besiegelt.

Aule hockte hinten neben dem Feuer, kicherte und zog häßliche Grimassen.

Einige Tage später trat Macha in den Hof hinter dem Haus. Sie wollte den seltsamen Vogel im Käfig anschauen. Da wurde sie ungewollt Zeugin eines eigenartigen Schauspiels. Wie gebannt wich sie zurück und schob den Türvorhang ein wenig zur Seite.

Das Sonnenlicht fiel durch das Blätterdickicht der Wildreben und zeichnete helle Flecken auf die Erde. Neben dem Mauerrund des Ziehbrunnens mitten im Hof kauerte Aule. Sein Schatten fiel auf das kleingezeichnete, wirre Muster auf dem Boden und löste dessen Konturen auf. Machas Augen folgten dem Muster, das sich auf dem gebeugten Rücken und den braungebrannten Beinen fortsetzte. Das Kind hatte andächtig die Hände vor sich gefaltet und schaute konzentriert auf eine Stelle des niederen Steinkranzes.

Dort war eine seltsame Konstruktion aufgebaut: Quer über einem runden Holzstück lag ein langes, dünnes Brettchen, an dessen beiden Enden ein Käfer saß. Die Rücken der Tiere leuchteten grün und blau, wenn der Wind das Blätterdach bewegte und ein Sonnenstrahl auf die schwarzen Panzer fiel. Die Käfer hockten reglos dort und hielten, in atemloser Erstarrung, das Brettchen in einem schwebenden Gleichgewicht. Wie lange würde es gehen, bis einer der beiden Käfer dem zerbrechlichen Zustand ein Ende bereitete?

Ein Geräusch ließ Aule aufschrecken. Die Singdrossel hüpfte aufgeregt in ihrem Vogelbauer aus Weidenruten hin und her, der in einer Nische in der Hauswand aufgehängt war.

Die nachtschwarzen Augen blitzten, dann wandte sich das Kind wieder dem Schauspiel zu. Mit einer anmutigen Bewegung tippte es leicht auf die Mitte des Brettchens. Der Käfer zur linken Seite machte ein paar ungelenke Schritte nach vorne. Das Brettchen neigte sich rechts langsam nach unten. Dann blieb der Käfer still stehen, das Brettchen hing schief über dem Rund des polierten Holzes. Macha wagte kaum zu atmen. Irgend etwas irritierte sie.

Wieder flatterte die Drossel in ihrem Käfig. Das Kind hob den Kopf, doch jetzt galt seine Aufmerksamkeit nicht dem Vogel. Angestrengt lauschte es einem Geräusch nach, das von ganz weit herkam, von jenseits der efeuumrankten Hofmauern, von jenseits des Wäldchens: Die Morgenstille wurde unterbrochen von einem fernen, kaum wahrnehmbaren Klopfen, das aus den Hügeln herüberklang. Das Kind sprang auf, blieb für einen Moment bewegungslos stehen, dann trat es gegen das Brettchen, nahm die beiden zappelnden Käfer zwischen Daumen und Zeigefinger, rannte zur Nische und warf die Tiere mit einem Ausdruck von Abscheu im Gesicht in den Vogelbauer hinein. Es sprach leise und heftig auf den Vogel ein, und plötzlich stieß es mit der Hand so fest gegen den Käfig, daß dieser gegen die Hauswand schlug und der Vogel in ein schrilles Zetern ausbrach.

Macha ließ den Stoff des Türvorhangs fallen und eilte ins Haus zurück. Ihr Herz pochte. Sie wußte nicht weshalb, aber sie hatte das Gefühl, daß in diesem Haus etwas Dunkles auf sie wartete.

5. Kapitel

Ruhelos war es, dieses Haus! Macha verstand erst gar nicht, wer alles hier wohnte. Sie staunte über die vielen Bediensteten – es schien, daß es für eine jede Tätigkeit einen Sklaven oder eine Sklavin gab. Macha fand das eigenartig. Bei ihr zu Hause arbeiteten alle, auch die Kinder, jeder mußte arbeiten. Ja gut, Tanchvil hatte auch immer etwas zu tun im Haushalt, aber es war eher so, daß sie sich mit etwas beschäftigte und nicht eigentlich eine Arbeit machte – sie richtete Blumenkränze her, bestickte Stoffe oder gab Anweisungen. Hier, in Tuskien, dachte

Macha, waren es die Sklaven, die wirklich schufteten, ja, und die Handwerker und die Bauern, die sie draußen auf den Feldern gesehen hatte.

Die Sklaven des Hauses schliefen in einem an den Hof anliegenden Nebengebäude. Macha wunderte sich mit der Zeit, daß dort keine Kinder wohnten. Sie bemerkte auch bald, daß sie von den Sklaven genauso behandelt wurde wie alle anderen Hausbewohner: als junge Herrin. Jeden Morgen brachte ihr eine Frau, die vom Alter her ihre Mutter hätte sein können, ein Kanne voll Wasser, ein Becken und frische Tücher. Wortlos kämmte sie Machas Haar und legte ihre Kleider bereit. Aber sich beim Ankleiden helfen lassen – das wollte Macha nicht. Lächerlich! Sie war doch kein kleines Kind mehr!

Laris sagte nichts dazu. Er ließ Macha gewähren, denn er wußte, daß sie in manchen Dingen einen harten Kopf hatte. Er war geduldig mit ihr, erklärte ihr, was sie nicht verstand, und gab sich alle Mühe, ihr das Leben so einfach wie möglich zu machen.

Dann gab es Lethe, eine kleine Nichte von Laris, die im Haus lebte, weil ihre Eltern gestorben waren. Und Ximantre, Laris' Vetter, einen jungen schlaksigen Mann, der immer zu Späßen aufgelegt war. Meist verließ er frühmorgens das Haus, um auf den Feldern der Familie nach dem Rechten zu sehen, kam am Nachmittag zurück, lümmelte sich auf einem Korbsessel und fraß Brot, Käse und Früchte in sich hinein, schäkerte wortlos mit Macha und mit Thana und war keinen Augenblick lang still.

Mit Thana verband Macha bald eine scheue, neugierige Freundschaft. An manchen Nachmittagen saßen die beiden Mädchen hinten im Hof, im Schatten des Blätterdachs. Sie hatten jeweils eine Decke auf dem Boden ausgebreitet. Dorthin legte Thana Gegenstände, Speisen oder

Gefäße und Geräte, ein anderes Mal flüchtig mit Kohle auf blasse Rindenstreifen hingeworfene Zeichnungen von Tieren oder Menschen. Thana zeigte darauf, und Macha mußte die Dinge benennen. Manchmal kam Ximantre dazu. Zu dritt verbrachten sie vergnügliche Stunden, in denen Macha allmählich die Sprache lernte.

Einmal legte Thana einen bronzenen Kamm hin, der oben mit zwei kleinen Löwen verziert war. Er gefiel Macha so gut, daß Thana sagte: »Du kannst ihn behalten. Ich schenke ihn dir.«

Macha wurde rot vor Freude. »Warte«, sagte sie und holte ihr kleines Geschenk, das sie für Laris' Schwester mitgebracht hatte, ein bronzenes Figürchen in Form eines Schuhs zum Anhängen. Thana freute sich, oder sie tat jedenfalls so.

Die übrigen Geschenke verwahrte Macha noch immer in ihrem Bündel. Sie schämte sich, sie zu überreichen. Vom ersten Tag an hatte sie gewußt, daß sich ihre Geschenke in diesem wohlhabenden Haushalt armselig ausnehmen würden.

»Kannst du eigentlich auch schreiben?« fragte einmal Macha.

Thana schüttelte den Kopf.

»Nein«, sagte sie. »Nicht einmal Ximantre kann schreiben. Und jetzt sagst du für jede Person im Haus ein Wort. Zum Beispiel ›Laris ist schön‹.«

Macha überlegte. »Thana ist anmutig... Tanchvil ist lieb, Ximantre ist lustig«, sagte sie und zögerte. »Matuna ist... seltsam.«

Ja, Macha fand diese Frau eigenartig. Aules Mutter begegnete ihr zwar nicht ablehnend, aber mit offen zur Schau getragener Gleichgültigkeit. Manchmal brach sie grundlos in ein lautes Lachen aus, dann wieder sprach sie leise zu sich selbst, beschäftigte sich mit nutzlosen Dingen wie dem Aufreihen von Öllämpchen in verschiedener Anordnung, kämmte sich oft unnötig lang das Haar.

»Weiter, Macha, was grübelst du?« sagte Thana. Ein Hustenanfall schüttelte sie, sie legte ihre Hand auf die Brust.

Macha schaute sie besorgt an. »Thana? Was hast du? Was wollte ich sagen ... Lethe ist frech, Aule ist ...«

Was war Aule? Gab es ein Wort, das Aule beschreiben konnte? Macha schaute ihre Freundin nur lange fragend an.

Der ruhende Mittelpunkt der Familie war Tanchvil. Sie sang oft und laut, dann hallte ihr Singsang durch das ganze Haus. Manchmal klang es auch ganz melancholisch und traurig. Macha bekam eine Gänsehaut davon, und sie dachte, daß Tanchvil wohl den Tod ihres Gatten noch nicht verwunden hatte.

Die kleine, energische Frau mit dem dunklen, von grauen Strähnen durchzogenen Haar war unumschränkte Herrscherin in ihrem Reich. Ohne ihre Meinung wurde nichts entschieden. Das gab hin und wieder Anlaß zu lautstarken Auseinandersetzungen zwischen Laris und seiner Mutter, vor allem, wenn es um die Pferde ging oder um den Unterhalt des Wagens – Wagen und Pferde, das war Macha aufgefallen, schienen eine wichtige Bedeutung zu haben. Laris und Tanchvil schrien sich dann gegenseitig an, nur um einige Augenblicke später schon wieder über irgend etwas zu lachen. Macha fand das seltsam. Wenn sie selbst zornig war, dann blieb sie es auch für einige Zeit.

Ihr gegenüber war Tanchvil freundlich, aber zurückhaltend. Selten geschah es, daß sie sich direkt an Macha wandte, doch hin und wieder schaute die Frau sie mit hochgezogenen Augenbrauen neugierig an, als wollte sie sagen: Das ist jetzt also Macha, die Frau meines Sohnes ... Und es gab auch kleine Zwischenfälle, wie an jenem Morgen, als Macha am Ziehbrunnen im Hof Wasser holen wollte. Tanchvil schimpfte mit ihr, denn das, so erklärte Laris, sei Sache einer Sklavin.

Macha war zerknirscht – sie wollte doch alles richtig machen! Oh! Manchmal sank sie abends erschöpft aufs Bett, schloß die Augen und sehnte sich nach Hause. Es gab so viele Dinge, die sie nicht verstand! Alles war anders, alles war fremd! Nicht nur hier im Haus, überall!

Macha fand, das Himmelsgewölbe spanne sich hier höher und weiter über die flache Erde, das Licht sei heller und stärker als dort über dem See, bei ihr zu Hause. Auch die Luft fühlte sich anders an. Immer war da der feine Dunst, der vom Meer kam, es war nicht eigentlich ein Geruch, vielmehr eine Wahrnehmung, die sich über das Atmen mitteilte. Das Feuer roch anders, die Speisen schmeckten seltsam, die morgendlichen Geräusche waren fremd, ja sogar das Bellen der Hunde schien Macha verschieden. Und wie die Menschen miteinander redeten! Schnell und laut war das immer, sie mußte darum bitten, man möge langsam und deutlich mit ihr sprechen. Wenn auch das nicht nützte, dann nahm man Augen und Hände zu Hilfe. Darin war Thana unschlagbar – ihre Gestik war so ausdrucksvoll, daß sie oft mehr damit sagen konnte als mit Worten. Dann flogen die schwarzen Haare, die Hände bogen und falteten sich in der Luft um unsichtbare Gebilde.

Macha versuchte, sich auch die Gebärdensprache der Rasna anzueignen. Einiges fand sie eigenartig, zum Beispiel den Gruß, bei dem man die Handfläche auf die Stirn legte und dabei den Kopf leicht neigte. Oder das Zeichen für eine Bejahung – man schnellte dafür den Kopf rasch nach hinten und verdrehte die Augen nach oben. Lächerlich!

Aber es gab auch Vertrautes. Die Sonne, der Mond – es waren dieselben Himmelsbegleiter wie zu Hause. Auch die Sternbilder kannte Macha, und sie wußte, daß dort unten, wo der rechte ausgestreckte Arm hinzeigte, wenn sie über die Küste zum Meer schaute, daß dort Norden war, wo sie hergekommen waren. Dort mußte auch Felsina sein. Ruma hingegen lag südlich von Caisra, das hatte Laris ihr gesagt. Ruma... welch eigenartiger Name. Er weckte in Macha eine seltsame Neugier.

Das Vertraute zog seine Kreise wie Wellen. An jedem Tag wurde etwas gestern noch Unbekanntes zu einem Teil von Machas Alltag. Und wenn Tanchvil »mein Kind« zu ihr sagte, wenn sie einen freundlichen Blick von Thana erhaschte, wenn Lethe ihre kleine warme Hand auf ihr Knie legte oder Laris sie in die Arme nahm, dann war das Gefühl, ungeschützt diesem Fremden ausgeliefert zu sein, dann war alle Angst verschwunden.

Ja, Lethe suchte Machas Nähe. Sie war kleinwüchsig, ging immer etwas schief und zog das linke Bein hinter sich her. Ihre dunklen Haare wuchsen bis tief in die Stirn und verliehen dem Kindergesicht etwas Grimmiges. Aber sie konnte über das ganze Gesicht lachen, dabei verzog sie ihren großen Mund, und ihre Augen strahlten wie zwei helle Blüten. Macha fand, sie sehe dann aus wie ein kleiner Frosch, und bald nannte sie das Kind, in ihrer Sprache, nur noch »mein Fröschchen«, was in den Ohren des Kindes seltsam klang und es wiederum zum Lachen reizte.

Einmal schlüpfte Lethe in Machas alte Hosen und in den Kapuzenmantel, der ihr bis über die Füße fiel, und rannte kreischend durchs Haus.

Tanchvil schüttelte mißbilligend den Kopf, doch Lethe lachte sich halbtot und steckte Macha mit ihrem Lachen an. Damit war die Freundschaft zwischen den beiden besiegelt.

»Ich werde dir die Stadt zeigen!« rief Lethe ausgelassen. Das verstand Macha inzwischen.

»Ja, das wirst du, mein Fröschchen«, sagte Macha in ihrer Sprache, und Lethe lachte wieder.

Lethe hielt Wort, zog ihre neue Freundin durch die Gassen, zeigte ihr die Tempel mit den hölzernen bemalten Säulen, den grotesken Masken der Stirnziegel und den Tonplatten, die unter dem Dach rund um die Gebäude liefen und verziert waren mit allerlei Figuren. Sie gingen durch das Quartier, wo griechische Handwerker ihre Töpfereien betrieben. Macha kam nicht mehr aus dem Staunen heraus. Wie konnte man nur so eng beieinander wohnen? Es gab Hunderte von Häusern, und in jedem Haus schienen viele Menschen zu leben!

An einem Tag waren sie zu dritt unterwegs – Macha, Laris und Lethe. Es war Markttag. Auf dem kleinen Platz in der Mitte des Städtchens reihte sich Stand an Stand, zwischen die Rufe der Menschen mischte sich der ohrenbetäubende Lärm, der vom hinteren Teil des Platzes kam, wo Rinder, Schafe, schnatternde Gänse und kleine Schweine angeboten wurden. In einer Ecke wurden Stoffe verkauft, Körbe, Seile und Taue, Fische und Früchte, auf der anderen Seite hingen blutig klaffende aufgeschlitzte Tierhälften, glotzten gläserne Augen aus Schweins- und Schafsköpfen, ein Junge pries mit lautem Schreien Käse an, und mitten auf dem Platz zeigte ein Gaukler einer Schar von staunenden Kindern seine Kunststücke. Frauen mit hochgesteckten Haaren eilten über den Platz, die vollen Körbe auf den Kopf oder auf die Hüften gestemmt.

Bei einem Fischhändler war ein Streit entbrannt. Der Mann hinter der Theke fuchtelte wild mit den Händen, während die Käuferin wütend einen Fisch am Schwanz gepackt hatte und ihn über den Rand des Holztisches schlug.

»Was haben denn die?« fragte Macha verwundert. »Man könnte meinen, sie wollten sich gegenseitig umbringen!«

»Halb so schlimm!« Lethe kicherte. »Das ist normal. Die sind sich nur nicht einig über den Preis, das ist alles. Und der Händler dort ist bekannt dafür, daß er seine Gewichte zinkt.«

»Ist hier immer so ein Gedränge?« fragte Macha.

»Nur am Markttag. Heute ist der neunte Tag des Monats – Markttag eben, und Audienz beim Lauchme.«

»Beim Lauchme?«

»Ja, beim Lauchme«, sagte Lethe und nickte eifrig. »Am neunten Tag kann ein jeder bei ihm vorsprechen, jeder, der ein Problem hat, ein Anliegen oder eine Bitte.«

Macha fuhr Lethe über das strubbelige Haar.

»Du weißt so viel, mein Fröschchen«, sagte sie. »Ich bin froh, daß du mir das alles erklärst.«

Laris war bei einem Stand stehen geblieben, wo Seile verkauft wurden.

»Komm!« rief Lethe. »Ich zeig es dir!« Sie zog Macha mit ihrem schleppenden Gang durch das Gedränge über den Platz, dorthin, wo sich vor dem größten und stattlichsten Haus eine Menge Leute versammelt hatten.

»Dort, schau«, flüsterte Lethe, »das ist der Palast des Lauchme. Er sitzt auf einer Holztribüne im Hof und empfängt die Leute, die zu ihm wollen. Alle seine Magistrate sind dabei.«

Macha reckte den Kopf, aber sie konnte nur das Dach

des Baldachins sehen, der über der Tribüne aufgespannt war.

Als sie nach Hause kamen, erwartete sie Laris schon ungeduldig.

»Du sollst mir nicht davonlaufen, Macha. Habe ich dir das nicht schon einmal gesagt? Die jungen Männer gaffen dir allzu neugierig nach!« rief er, aber er zwinkerte dabei und kniff sie in den Arm.

»Und übrigens...« – er schnippte mit dem Finger – »ich habe Arruns Canathnei getroffen, einen Vetter zweiten Grades. Er wird nach der nächsten Monatsmitte ein Gastmahl geben und dabei seinen diesjährigen Wein anbieten. Ich, du und Thana – wir sind auch eingeladen. So werden endlich die Freunde meiner Kindheit dich kennenlernen, mein Herbsttag«, und er küßte sie auf den Mund.

Der Monat Nurth ging dem Ende entgegen. Das Licht über dem Küstenstreifen war in dieser Jahreszeit ein besonderes – matt und milchig am frühen Morgen, wenn die Kühle der Nacht aus den Felsen stieg, hell und blendend am Nachmittag, und durchdrungen von der berückenden Nähe des Meeres. Macha mußte jedesmal die Augen zukneifen, wenn sie das Dunkel des Hauses verließ. Gegen Abend dann lag ein schwebendes Zittern in der Luft, das die Sinne lähmte und jede Bewegung langsamer werden ließ. Es trug den Geruch von trockenem Gras, von Weintrester und Meersalz und von heißem Tuffgestein über die Felder und über die Stadt. Wenn die Sonne zwei Handbreiten über der Linie stand, die Wasser und Himmel voneinander trennte, wurde das Vibrieren durch eine kleine Brise von der Küste her gebrochen und über die Hügel weggehaucht. Dann wich die Schwere des

Nachmittags allmählich der leichten Abendkühle, die Vorbote einer samtenen und sternenklaren Nacht war.

Laris erklärte Macha, daß diese Tage die ›Lichterfüllten‹ genannt wurden.

»Komm«, sagte er an einem dieser Morgen, »wir werden das Grab meines Vaters besuchen.«

Der Friedhof lag auf einer kleinen Hochebene unweit der Stadt. Eine Allee, beidseits von Zypressen und Ginster gesäumt, führte einen schilfbestandenen Bach entlang zum Eingang der Gräberstadt. Es war ganz still, nur das Zirpen der Zikaden begleitete die beiden, die schweigend, Hand in Hand, auf dem Weg einhergingen. Ab und zu kamen ihnen Menschen entgegen, Frauen mit über den Kopf geschlagenem Umhang, drei Schritte hinter ihnen kleine Sklavenjungen mit Körben oder einem Sonnenschirm, den sie von hinten über die Herrin hielten.

Macha faßte sich ein Herz.

»Laris«, sagte sie leise. »Ich muß dich etwas fragen. Dieses Kind, Aule, es ist seltsam, anders als die andern Kinder, und . . . ich glaube, ja ich weiß, es ist dumm von mir – aber irgendwie fürchte ich mich vor ihm.«

Laris schaute sie an, als habe er ihre Frage schon längst erwartet.

Er hielt einen Augenblick im Gehen inne und blickte sich um, als wolle er sich vergewissern, daß niemand zuhörte.

»Es ist ein besonderes Geschenk der Götter«, flüsterte er. »Das Kind vereint auf sich, was die Menschen Turms und Turan ähnlich macht.«

»Wie meinst du das? Ich versteh das nicht«, sagte Macha.

Laris lächelte. »Es ist weder Frau noch Mann, oder beides in einem«, fuhr er fort. »Das Göttliche findet sich in ihm wieder, zu einer Einheit verschmolzen. Solche Menschen sind etwas Besonderes, sie sind von den Göttern vielleicht geliebt, vielleicht gehaßt, aber jedenfalls auserwählt. Hast du jemals ein schöneres Kind gesehen? Komm, gehen wir weiter.«

Er nahm sie beim Arm, und sie folgten dem schmalen Weg, an dessen Ende die ersten Grabhügel auftauchten.

»Nein«, sagte Macha. »Aules Schönheit ist vollkommen, das Kind ist – makellos und von einer himmlischen Anmut!«

Laris nickte. »Himmlische Anmut und ... ach, lassen wir das. Die vollkommene Reinheit«, fuhr er nachdenklich fort, »die gibt es nicht. Hast du nicht Unis Gesicht gesehen, damals, im Heiligtum? Stell dir vor, das Kind wäre ebenso sanftmütig wie schön. Was denkst du dir dabei?«

»Ich weiß nicht ...« sagte Macha. »Aber wie meinst du das mit Uni?«

»Es wäre unerträglich, verstehst du? Unerträglich«, unterbrach er sie. »Die Götter ... sie gönnen uns Sterblichen die Vollkommenheit nicht ...«

»Und der Vater des Kindes, wo ... ?«

»Der Vater ...« Laris zögerte. »Matuna – sie verrät es niemandem. Es ist ihr Geheimnis, kein Mensch weiß, von wem das Kind stammt. Das ... kann vorkommen.«

Sie waren bei den ersten Gräbern angelangt. Macha war verwirrt über das, was sie eben gehört hatte. Aule ... Seltsam, dieses Kind. Es machte ihr angst, ja, aber gleichzeitig fühlte sie sich zu ihm hingezogen.

Sie atmete tief ein. Die Morgenkühle war durchdrungen von einem eigenartigen Geruch nach feuchtem Stein, nach Rauch und Moder. Links und rechts des schmalen

Pfades standen riesige Grabhügel mit kreisrunden, aus dem Tuffgestein gehauenen Felstrommeln als Fundament.

Die Stille! Macha wurde von einem beklemmenden Gefühl befallen. Sie glaubte, die Nähe der Götter zu spüren, den Hauch des Todes, der aus dem kalten Gestein nach außen drang. Sie hielt Laris' Hand ganz fest, als sie auf dem schmalen Weg zwischen den Gräbern einhergingen. Die Gruften auf der rechten Seite sahen jetzt aus wie Häuser, vor ihnen standen kleine Säulen oder aus Stein geschnittene, kaum bis zu den Knien reichende Häuschen. Bald kam eine Weggabelung, immer mehr Grabstätten tauchten auf, es war eine richtige Totenstadt, die sich vor Machas Augen auftat. Beim Eingang einer Grabkammer, im Schatten eines mächtigen Nußbaumes, waren Leute, sie hatten ein Feuer angezündet; ein Flötenspieler entlockte seinem Instrument klagende Laute.

Bei der nächsten Verzweigung bog Laris ab. Sie kamen in eine Art Straße, die gesäumt war von Häuserfronten aus Tuffstein. Macha staunte. Diese Häuser sahen genauso aus wie die richtigen Häuser aus Holz und Lehm, nur waren sie aus Stein! Vor einem Eingang, von dessen Türsturz purpurrote Bänder flatterten, blieb Laris stehen.

»Hier«, sagte er, »das ist unser Familiengrab. Meine Urgroßeltern haben es bauen lassen. Wenn ich sterbe, werde ich hier meine Reise antreten. Komm ...« Und er nahm Macha bei der Hand und zog sie ins Innere.

Ein paar Stufen führten in einen engen Gang, der sich auf einen von Öllämpchen nur spärlich beleuchteten Vorraum mit drei Türen öffnete. Zu beiden Seiten der mittleren Tür war ein Stuhl aus dem Tuffstein herausgehauen. Es war augenblicklich kalt, Macha zog ihren Umhang fester um die Schultern.

Auf einmal war ein kleiner, buckliger Alter an ihrer

Seite, der ihnen mit einem Lämpchen leuchtete. Sie traten in eine Kammer, die so eng war, daß man sich darin kaum drehen konnte. Kalter Modergeruch schlug ihnen entgegen. Laris wechselte leise ein paar Worte mit dem Grabdiener und wandte sich zu einer der kleinen Felsnischen, die sich auf allen Seiten öffneten. Allmählich gewöhnten sich Machas Augen an die Dunkelheit, sie ließ den Blick über die Decke und die Felswände des Raumes gleiten. Überall standen Gefäße und kleine Figuren aus Ton.

Plötzlich zuckte sie zusammen und stieß einen Schrei aus. Dort, im Dunkel einer der Nischen, im schwachen Schein des Öllämpchens kaum erkennbar, schaute unter einem Tuch eine knöcherne Hand hervor, auf der andern Seite starrten blicklose Augenhöhlen aus einem eingesunkenen Gesicht! Da lagen, den Wänden entlang auf ihren steinernen Betten, zwei Leichname! Sie waren in Tücher eingeschlagen, beide waren schon ganz vertrocknet und ledrig. Die Frau mußte einmal sehr schön gewesen sein, ihr schwarzes Haar war auf dem steinernen Kopflager ausgebreitet. Ihr Gesicht war entstellt, der fast zahnlose Mund halbgeöffnet.

Macha bemerkte, daß die zweite Steinbank in jener Kammer, wo Laris jetzt in ein Gebet versunken stand, leer war. Einen Augenblick lang war sie wie gelähmt und wußte nicht, was sie tun sollte. Dann drehte sie sich um, schlüpfte leise durch die niedere Türöffnung, rannte durch den Vorraum der Helligkeit, der Sonne entgegen und trat ins Freie. Dort hockte sie, dem Eingang des Grabes gegenüber, an den Stamm einer knorrigen Eiche gelehnt und legte das Gesicht in ihre Hände.

Ihr Atem ging schnell und flach. Noch immer hingen Rauchschwaden in der Luft. Sie trugen den schweren Duft von Weihrauch über die Bäume.

6. Kapitel

Endlich trat Laris aus der steinernen Tür. Er hockte sich zu Macha und schwieg.

»Das ist nur ein Teil von uns«, sagte er endlich. »Die Seelen, die sind anderswo.«

»Wo?« flüsterte Macha. »Wohin geht ihr?«

Laris wandte den Kopf und schaute in die Ferne.

»Wir reisen zu einer Insel«, sagte er. »Sie liegt weit draußen im Meer, dort, am Ende der Welt, jenseits des Sonnenuntergangs.« Er zeigte nach Westen. »Dort bleiben wir, von den Verhüllten Namenlosen beschützt.«

Eine Weile lauschten sie dem Vogelgezwitscher.

»Das Leben hier auf der Erde ist nur ein kurzer Aufenthalt auf einer langen Reise. So jedenfalls lehren es unsere Heiligen Bücher. Die Todesdämonen, Macha«, er schaute mit unbewegtem Gesicht in die Ferne, »sie sind für uns Rasna vertraute Begleiter, sie blicken uns jeden Tag über die Schulter.«

»Du hast lange mit deinem Vater gesprochen«, murmelte Macha. Der Sonnenstrahl, der durch das Blättergewirr der Eiche genau auf sie fiel, ließ ihr Haar und ihr Gesicht leuchten. Ein Vogel flatterte vom Boden auf.

Laris' Finger spielten mit dem Saum ihres Rockes.

»Ich habe von ihm Abschied genommen. Ich habe ihm gedankt dafür, daß er gut zu mir war. Ich habe ihm gesagt, daß ich ihn immer in meinem Herzen tragen werde. Und daß ich gekommen bin mit Macha, meiner Geliebten, und er möge mir verzeihen, daß ich zu spät kam.«

Er erhob sich und legte seinen Arm um ihre Schulter. Sie gingen langsam durch die schmalen Straßen der Totenstadt zurück, und Laris erzählte von seinem Vater.

»Er war unstet, so wie ich. Immer unterwegs. Zweimal ist er in den Norden gereist, und einmal hat er mich mitgenommen. Ich denke, das war mein Verhängnis.« Laris bückte sich, klaubte ein paar Erdkrümel auf und warf sie in die Luft. »So habe ich dein Land kennengelernt, Macha. Dann war ich oft in Felsina. Aber meine Kindheit habe ich im Haus meiner Großmutter verbracht, dort, wo meine Familie jetzt lebt. Mein Großvater väterlicherseits hatte eine Tochter der Canathnei geheiratet, die eine der reichsten Adelsfamilien Caisras sind.«

Auf halbem Weg kam ihnen eine Gruppe von Leuten entgegen, einige Frauen gingen voraus, sie sangen in hohen, klagenden Tönen, hinter ihnen schritten vier Männer mit einer Bahre, auf der ein Toter lag, in weiße Tücher eingehüllt. Laris zog Macha an den Wegrand und senkte den Kopf, bis der Zug vorbei war.

»Das mit der Insel ...« sagte Macha im Weitergehen, »das ist eigentlich wie bei uns. Auch wir gehen über ein Wasser. Vielleicht ist es derselbe Ort ... vielleicht werden wir beide uns nachher wieder treffen, dort ...«

Laris nickte abwesend. »Ja, vielleicht ... Das Grab der Larthia«, er zeigte auf einen der großen Grabhügel beim Eingang zum Friedhof. »Sie lebte vor drei, vier Generationen. Man erzählt Unglaubliches über sie. Es heißt, ihr Goldschmuck sei so kostbar gewesen wie der einer Königin, und am Eingang zu ihrer Grabkammer hockten sieben Dämonen, die ihre Schätze bewachten ...«

Später mußte Macha von Laris unbedingt noch etwas wissen.

»Das zweite Steinbett in der Kammer dort, das ist für Tanchvil, nicht wahr? Und etwas verstehe ich nicht. Bei uns, die Toten ... Wenn sie nach drei Tagen nicht begraben sind, dann ... na ja, du weißt schon ... Der Geruch ...«

»Das ist der Tuff«, sagte Laris. »Dieser Fels ist gnädig, er ist ein Geschenk der Mutter Erde.«

Am anderen Tag klopfte ein Bote am Haus der Tanchvil Veltsichna und brachte die förmliche Einladung zum Gastmahl des Arruns. So lautete seine Botschaft: Laris, Macha und Thana mögen sich einfinden am dritten Tag nach Itis auf dem Landgut der Familie Canathnei, zur Stunde des Sonnenuntergangs.

Wie waren die beiden Mädchen aufgeregt am Morgen dieses dritten Tages nach Vollmond! Sie putzten sich heraus und schminkten sich gegenseitig. Thana brachte ihre Büchsen mit Salben und Schminke. Auf einem Steinplättchen zerrieb sie Kohlepulver mit Öl und malte Macha damit die Augenlider schwarz. Sie betupften sich die Wangen mit Alkanna, bemalten sich die Fingernägel mit Henna und rieben sich Hand- und Fußgelenke mit Parfum ein: Kalmus, Narde, Zimt, Rose, Safran und Nelke standen zur Auswahl. Thana hielt Macha die Fläschchen mit den wohlriechenden Ölen unter die Nase. Macha entschied sich für Zimt; sie fand den Duft aufregend.

Thana trug eine dieser seltsamen hohen Hauben, unter der im Nacken und an den Schläfen die schwarzen Haare hervorringelten. Ihre Ohren waren mit durchbrochenen silbernen Scheiben geschmückt, um ihre Oberarme schlangen sich bronzene Reifen, silberne Gewandspangen schmückten ihre Schultern. Thana hatte ihrer Freundin auch eine Haube aufsetzen wollen, aber Macha weigerte sich. Sie hatte statt dessen ihre Haare, die schon ein ganzes Stück nachgewachsen waren, im Nacken mit einem gelben Band zusammengebunden und ihren goldenen Ohrschmuck angesteckt.

»Gut. Ja, das sieht auch ganz schön aus«, sagte Thana

und musterte dabei Macha kritisch, »das gelbe Band zu dem neuen Kleid und dem Umhang. Gelb, Grün, Braun – es steht dir.«

»Laris, hast du übrigens meine Haare noch?« Macha war plötzlich in den Sinn gekommen, daß da irgendwo ihr abgeschnittener Zopf sein mußte.

»Aber ja! Oh!« rief er. »Ich habe dich fast nicht wiedererkannt! Du siehst aus wie eine Königin! Warte ...«

Laris kramte in der großen Truhe, die in ihrer Kammer stand, und holte die hölzerne Büchse hervor. Der Zopf lag darinnen, noch immer geflochten und an beiden Enden mit einer Lederschnur umwickelt. Laris hob ihn hoch, ließ ihn lachend vor seinen Augen hin und her baumeln, kitzelte Macha mit einem Ende an der Wange und legte ihn dann sorgfältig zurück in die Büchse.

»Unsere kleine Unsterblichkeit«, sagte er. »Weißt du übrigens, daß die Haare und die Fingernägel noch ein Stückchen weiterwachsen, wenn wir schon gestorben sind?«

Thana schaute ihren Bruder mit hochgezogenen Augenbrauen an.

Als Macha aus ihrer Kammer trat, sah sie das Gelb von Aules Lendentuch hinter einer Ecke verschwinden.

Macha war verwirrt. Dieses Kind war stets nirgends und überall. Glaubte man es in der Nähe, war es plötzlich wie vom Erdboden verschluckt. Wähnte man sich allein, tauchte es unvermittelt hinter einer Ecke, neben einer Säule auf, lautlos und flüchtig wie der Duft von Räucherharzen.

Laris nahm Machas Hand.

»Ich freue mich auf das Gastmahl«, flüsterte er. »Und ich bin stolz auf dich.«

Ximantre war schlecht gelaunt. Wütend ließ er den

Stock über den Pferderücken sausen, als er den Wagen zur Ausfahrt bereitmachte.

»Der Mistkerl«, sagte er. »Der hätte mich auch einladen können.«

Die Fahrt ging über das hügelige Gelände, durch Olivenhaine und kleine Weinberge. Macha fror – ein kalter Wind, der vom Meer herkam, strich über die Hügel.

Sie war aufgedreht, aber auch ein bißchen nervös. Wie würden Laris' Freunde ihr begegnen? Was, wenn sie irgend etwas falsch machte? Aber sie konnte nicht lange darüber nachdenken, denn Thana plapperte ohne Unterlaß, lachte und scherzte.

»Hoffentlich ist Achnatl nicht dort!« rief sie.

Macha war neugierig. »Wer ist Achnatl?« fragte sie.

Thana kicherte. »Er war mein Geliebter. Aber wir haben uns nicht mehr ertragen. Er war so eitel, das kannst du dir gar nicht vorstellen! Jedesmal, wenn wir uns geküßt haben, mußte er nachher seine Haare wieder fein säuberlich zurückkämmen, und er war immer in Sorge, sein Umhang könnte zerknittern. Das geht doch nicht! Er war ein Spielverderber.«

»Thana, du bist zu anspruchsvoll«, sagte Laris lachend. »Achnatl war nett und klug. Wenn du so weitermachst, wirst du nie einen Mann kriegen.«

»Pah! Und wenn schon.« Thana schüttelte ärgerlich den Kopf.

Einmal überholten sie eine Gruppe von Leuten mit Körben voller Früchte auf die Hüften gestemmt. In ihrer Mitte ging ein Mädchen mit schulterlangen blonden Haaren. Machas Herzschlag schien einen Moment lang auszusetzen. Sie wandte den Kopf – nein, es war nicht Danuth, natürlich nicht. Macha suchte Laris' Blick, aber der schwatzte mit Thana und hatte nichts bemerkt.

Der dicke Arruns empfing sie in der Vorhalle seines Hauses.

»Willkommen im Haus des Arruns Canathnei. Euer Erscheinen ist mir eine Ehre«, sagte er und legte die Hand an die Stirn. »Mein besonderer Gruß gilt Macha.« Er musterte sie neugierig.

Es waren schon viele Leute hier. Stimmengewirr schlug ihnen entgegen, als ein Sklavenjunge sie in die Halle geleitete und ihre Ankunft verkündete. Augenblicklich war es still. Dutzende von Augenpaaren richteten sich auf Macha. Das Blut schoß ihr in den Kopf, sie wandte sich hilfesuchend nach Laris um, aber der sprach mit Arruns. Da nahm Thana ihre Freundin kurzentschlossen bei der Hand und zog sie zu einer der Liegen. Jemand rief etwas, das Macha nicht verstand, eine Frau lachte.

»Was hat er gesagt?« fragte Macha.

»Du seist dünn wie ein Schilfrohr«, antwortete Thana. »Hör nicht drauf – Apicus ist ein eitler Schwätzer.«

Macha senkte den Kopf. »Ich will weg von hier«, sagte sie leise. »Ich ...«

Aber da klatschte jemand in die Hände.

»Ein Trinkspruch auf Laris' hübsche Gefährtin!« rief er. »Hört alle her: Die keltische Blume ziert Tuskiens Garten, wo er am schönsten ist! Wir stoßen an auf Macha, das Mädchen mit den Augen wie Bergwasser. Nicht Wasser aber trinken wir, sondern Wein, vom jungen Falerner, der süß ist wie Honig und sanft wie Turans Lidschlag!«

Ein Raunen erhob sich, man pflichtete höflich bei und nippte an den Schalen. Auch Laris hatte sich inzwischen auf eine der Liegen gelegt, die rund um die Säule in der Mitte des Raumes aufgestellt waren. Er klopfte mit der Hand auf den Platz neben sich und forderte Macha auf, zu ihm herüberzukommen. Sie ging durch den Raum, legte sich an seine Seite, schob sich einige der aufgetürmten Kissen unter den Arm, stützte den Kopf in die Hand und begann, sich im Raum umzusehen, während Laris sich mit dem jungen Mann zu seiner Rechten unterhielt. Aus der nebenanliegenden Küche hörte sie Gelächter und das Klappern von Töpfen.

Man brachte bronzene Leuchter, die oben alle in einer wundersamen Figur endeten. Es war ein Junge mit langen Haaren, der das eine Knie hochgezogen hatte und die Arme in tänzerischer Anmut von sich streckte. Auf seinem Gesicht lag ein geheimnisvolles Lächeln. Eine junge Sklavin zündete Öllampen an und hing sie an die Haken an den Wänden. Die Flämmchen tanzten und ließen die Blumenkränze, die überall aufgehängt waren, in allen Farben leuchten. Ein kleiner Wagen wurde hereingeschoben, auf dem Harze über einer Glut ausgebreitet waren und einen betörenden Duft verströmten.

Eine Sklavin reichte Laris einen Kranz aus Eichenblättern, den er sich umständlich aufsetzte. Macha legte die Hand über den Mund und wandte sich kichernd ab.

»Was hast du?« fragte Laris. »Hör auf, so blöd zu kichern.«

Macha gluckste, sie konnte kaum sprechen.

»Du, du ... siehst lächerlich aus mit diesem Kranz! So etwas tragen bei uns die Kinder, im Frühling, wenn ...«

Laris schaute sie wütend an, kniff sie in den Arm und bedeutete ihr, sich zusammenzunehmen, denn jetzt kamen Sklaven, die bis auf ein Lendentuch nackt waren, reichten auf silbernen Platten Trauben, Äpfel und kleine Käsestückchen, die sich die jungen Leute mit spitzen Fingern in den Mund steckten. Macha tat es ihnen nach.

Der Käse war scharf und würzig.

»Er kommt aus Falerii«, sagte Laris. »Der Wein und der

Käse aus dem Landstrich der Falisker sind, bei Fufluns, weitherum berühmt. Nur vom Besten wird hier geboten. Du siehst, Arruns läßt sich nicht lumpen, wenn es ums Essen und Trinken geht! Wart ab, du wirst noch staunen.«

In einem großen Mischgefäß wurden mit silbernen Schöpfern Wein und Wasser zusammengegossen.

»Sag mal«, fragte Macha, noch immer kichernd, denn der Kranz hing Laris schief im Haar, immer wieder stieß er ihn mit der Hand nach oben, »sag mal, warum vermischt ihr den Wein immer mit so viel Wasser? Bei uns zu Hause...«

Jetzt war es Laris, der grinste. »Bei euch zu Hause! Um ehrlich zu sein, Macha, eure Männer saufen zuviel. Wein ist etwas Besonderes. Es ist das Getränk, das die Götter mögen. Man muß sorgfältig sein damit, denn er ist kostbar und trügerisch. Was denkst du, wie lange ein Weinstock gepflegt werden muß, bis er Trauben trägt?«

Macha schüttelte ärgerlich den Kopf. »Woher soll ich das denn wissen? Und überhaupt... euch kann es doch nur recht sein, daß die Leute bei uns Wein mögen, schließlich macht ihr mit ihnen gute Geschäfte. Oder etwa nicht? Mach dich doch nicht lustig über unsere Männer!«

»Ach komm, sei nicht böse.« Er lachte wieder. »Trinken wir auf unsere Liebe!«

Er winkte den Mundschenk zu sich, aber Macha hatte sich abgewandt. Die Stimmung war ihr endgültig verdorben, und das schon jetzt, wo das Fest noch gar nicht richtig begonnen hatte. Sie suchte Thanas Blick, aber die war auf der anderen Seite des Raumes in ein Gespräch mit einem jungen Mann vertieft.

So begann sie, die Paare zu betrachten, die ganz unbefangen miteinander lachten und scherzten. Macha erinnerte sich an das, was Laris damals in Massilia gesagt hatte – daß die Griechen die Rasna verachteten, weil bei ihnen auch die Frauen an den Gastmählern teilnahmen. Was sollte denn daran so außergewöhnlich sein? Bei ihr zu Hause waren die Frauen bei den Festen auch dabei.

Die meisten der jungen Männer hatten bunte Umhänge über die nackten Oberkörper geschlagen. Einige hatten, wie Laris, Kränze aus Eichenlaub im Haar. Die Frauen waren aufgeputzt und geschminkt. Sie trugen lange Röcke aus fließenden Stoffen, deren Säume mit gestickten Borten verziert waren. Ab und zu erhaschte Macha den herausfordernden Blick eines Mannes, das neugierige Starren einer Frau.

Da nahm sie aus den Augenwinkeln plötzlich eine seltsame schnelle Handbewegung wahr.

Sie wandte den Kopf. Ein Mädchen, das sich schräg gegenüber von ihr in den Armen eines dicken jungen Mannes räkelte, hatte die Haube abgezogen und warf den Kopf hin und her. Die blonden Haare flogen, goldene Ohrringe blitzten auf. Blonde Haare hatte sie! Das Mädchen lachte und ließ ihre Hände in spiralförmigen Schlingungen über den Schultern spielen. Plötzlich brach die Bewegung ab. Das Mädchen starrte zu ihnen herüber, ihre Lippen bewegten sich, als spräche sie zu sich selbst, und Macha hatte das unangenehme Gefühl, daß dieses eigenartige Schauspiel ihr galt. Jetzt runzelte ihr Gegenüber die Stirn, die Blicke durchbohrten Macha, als wollten sie sagen: Wart nur, du …

Ach was, dachte Macha, schaute zu Laris, nippte an ihrer Schale, schob sich eine Traube in den Mund, betrachtete lange und eingehend die Blumengirlanden. Dann blickte sie wieder, wie zufällig, zu dem Mädchen hinüber. Sklaven huschten vorbei, der Gastgeber rief nach mehr Wein. Noch immer starrten die Augen sie an, die Lippen bewegten sich, und mit einem Mal durchfuhr Macha eine schreckliche Gewißheit: Aus diesen Augen sprachen Haß und Spott – und nicht nur das: Die Bosheit dieser Blicke galt ihr und durchbohrte sie wie Pfeile.

Macha fröstelte. Sie packte Laris am Arm, und er fuhr ihr abwesend mit der Hand über die Haare, während er weiter mit seinem Nachbarn sprach.

»Laris«, flüsterte sie, »wer ist das Mädchen dort gegenüber, in dem blauen Kleid?«

Laris wandte den Kopf. »Die dort mit den gefärbten blonden Haaren meinst du? Das ist Tullia, die Tochter eines reichen Beamten des Königs.«

»Sie mag mich nicht«, sagte Macha, »und sie ist eifersüchtig.«

Laris hob erstaunt die Augenbrauen.

»Eifersüchtig? Woher weißt du das?«

»Ihre Blicke würden mich töten, wenn sie könnten. Die ganze Zeit über starrt sie mich an und speit Gift und Galle. Und so wie sie dich immer anschaut... Das kann nur etwas mit dir zu tun haben.«

Laris zog Macha an ihrem Pferdeschwanz näher zu sich heran.

»Sie hat mich geliebt.« Seine Stimme war nahe an ihrem Ohr. »Alles hat sie daran gesetzt, mich zu bekommen.«

»Sie ist eigenartig.« Macha schaute zu Tullia. Die zupfte scheinbar unbeteiligt an den Blumen, die ihr Gespiele von der Girlande gepflückt hatte. »Weshalb hat sie die Haare gefärbt?«

Laris machte ein wegwerfende Handbewegung. »Ach. Viele tun das. Es ist zur Zeit eben Mode. Ja, eigenartig ist sie allerdings.« Laris spuckte ein Knöchelchen aus. »Launisch und falsch dazu. Sie wird auf mich verzichten müssen. Ich denke übrigens, sie hat es längst verschmerzt.«

»Das, mein Geliebter, glaube ich nicht«, sagte Macha.

In diesem Moment kamen Sklaven herbeigeeilt, trugen die Platten und Teller davon, und kaum waren sie hinter dem Vorhang verschwunden, erschienen junge Mädchen mit neuen Speisen. Sie stellten sich in eine Reihe, dann mußte jede in die Mitte treten, und ein Sklave rief die Namen der köstlichen Gerichte, die serviert wurden.

»Rotbarbe, im Fischsud gegart mit elf verschiedenen Kräutern!« Er sang beinahe. »Gebratene Ente, gefüllt mit Feigen aus Izmir! Austern aus der Bucht von Kyme! Kalbsdarm zweimal in Milch weichgekocht und mit Sauerampfersauce übergossen! Tintenfisch, in der eigenen Tinte geschmort!«

Der Reigen wollte nicht aufhören, und jede Ankündigung wurde vom Schreien und Pfeifen der Gäste begleitet.

»Zart gebratene Bärentatzen! Im Honigsaft gekochte Birnen und frische Nüsse!«

Macha staunte.

»Siehst du«, sagte Laris, »was habe ich gesagt?« Er küßte Macha auf die Schulter. »O mein Zimtstengel«, murmelte er, »du riechst wunderbar.«

Alle beschäftigten sich ausgiebig mit Essen und Trinken. Macha versuchte vorsichtig von den fremden Speisen. Vieles schmeckte ihr gar nicht, sie spuckte das meiste nach dem ersten Bissen wieder auf den Boden. Vor allem diese eigenartigen Meerestiere, die man aus den Muschelschalen schlürfen mußte, fand sie abscheulich. Die gebratene Ente und diese ineinander gerollten seltsamen Röhren hingegen waren köstlich.

»Was ist das genau?« wollte sie wissen.

»Der Darm eines Kalbes, das nur Milch getrunken hat. Drinnen ist die Muttermilch, und gekocht ist das Ganze in Milch – darum zweimal in Milch gekocht!«

Macha schüttelte den Kopf. Niemals wäre bei ihr zu Hause jemand auf die Idee gekommen, Kälberdarm in Milch zu kochen.

Da rief jemand: »Cottabos!«, einige lachten, und einer rief: »Ja, gut, spielen wir Cottabos!«

7. Kapitel

Das Gemurmel verstummte, die jungen Männer richteten sich auf. Sklaven eilten herbei und füllten jedem die Trinkschale mit Wein und Wasser.

Macha blickte fragend zu Laris.

»Wir werden spielen«, sagte er. »Ein Zeitvertrieb, nicht mehr.«

»Wer beginnt?« rief Arruns. Seine Wangen waren gerötet.

»Du, du, der Gastgeber!« kreischte eines der Mädchen.

»Nein, Laris wird beginnen!« Es war Tullia, die das rief. »Man muß ihn ein bißchen von der Schönheit an seiner Seite ablenken!«

Laris schaute böse zu ihr hinüber.

»Dumme Ziege«, murmelte er. Dann rief er: »Ich beginne, damit Tullia ihre spitze Zunge zügle!«

»Huch!« Tullias glockenhelles Lachen erfüllte den Raum. »Wenn du meine Zunge schon spitz findest, dann höre auch noch dies! ›Die keltische Blume!‹ – daß ich nicht lache! Hier kennt man die Keltinnen als Sklaven, nicht als Gespielinnen! Und was ihre Augen betrifft, die wie Bergwasser sein sollen – jedes Kind weiß doch, daß helle Augen Unglück bringen! Dazu noch rote Haare! Schrecklich!«

Einige lachten, die meisten aber schauten betreten zu Laris, der sich zornentbrannt aufgerichtet hatte und Anstalten machte, zu Tullia hinüberzugehen.

Macha hielt ihn zurück.

»Bitte, Laris, hör auf!« rief sie leise. Ihr Stimme zitterte. Dieses gemeine Luder!

»Oh! Das ist unglaublich«, zischte er. »Sie will mich provozieren. Warte nur, du Hexe!« Er stemmte sich mit der einen Hand hoch. In der andern Hand hielt er die gefüllte Trinkschale. Jetzt begann er, die Schale kreisen zu lassen, immer rascher, bis plötzlich sein Arm nach vorne schnellte in Richtung der Holzsäule, auf die Höhe, wo eine Blumengirlande hing. Die helle Flüssigkeit spritzte in hohem Bogen durch den Raum, klatschte an die Seite der Säule und an die Wand hinten im Raum genau über der Liege, wo Tullia lag. Dunkle Flecken bildeten sich auf dem Lehmbewurf.

Tullia schrie auf – ihr schönes blaues Kleid hatte ein paar Spritzer abbekommen.

»Schlecht getroffen!« rief Arruns. »Laris, du hast allzulange nicht geübt! Tullia sollte nicht dein Ziel sein!«

Alle lachten. »Uuuh! Das war miserabel, Laris! Du bist wirklich nicht bei der Sache! Der nächste!«

Laris nahm einen Schluck aus seiner Schale, die Augen immerzu auf Tullia gerichtet, dann wischte er sich mit dem Handrücken über den Mund.

»Im Gegenteil, gut getroffen«, sagte er. Aber nur Macha hörte es.

Und schon schwenkte ein anderer seine Schale, schleuderte den Inhalt in den Raum hinaus, traf die Säule, aber unterhalb der Girlande. Jetzt war der Mann zu Machas Rechter, ein schmaler Jüngling mit kastanienbraunen Haaren, an der Reihe. Als er die Schale drehte, hörte Macha ein feines Scheppern, das aus dem Fuß des Gefäßes zu kommen schien. Der Mann traf gut, genau in die Mitte der Blumen. Man zollte Beifall, und so ging das weiter, bis ein jeder seine Treffsicherheit zur Schau gestellt hatte. Unterdessen war ein Sklave ausschließlich damit beschäftigt, Wein, Essensreste und Spucke vom Boden aufzuwischen.

Macha wandte sich an ihren Nachbarn, pochte gegen die Schale und schaute den Mann fragend an. Er antwortete mit einem Lächeln, nahm die jetzt leere Schale, hielt sie dicht an Machas Ohr und schüttelte sie.

»Der Fuß ist hohl«, sagte er. »In seinem Innern sind vier Tonkügelchen. Sie singen, wenn der Wein rinnt, ein jedes für sich: eines für Fufluns, eines für Uni, eines für Turan, und das vierte für die schönste Frau des Gastmahls. Heute gebührt diese Ehre Tullia – wie immer.«

Da klatschte Arruns dreimal in die Hände.

»Musik!« rief er. »Musik und Tanz, es ist die Stunde der Leidenschaft!«

Vom Eingang her kamen drei Flötenspieler und ein Junge mit einer Leier. Sie stellten sich hinten im Raum auf, der eine Flötenspieler begann auf seinem Aulus zu spielen, die Leier nahm die Melodie auf, und bald schwebte eine zarte Musik im Raum, die Sehnsucht machte. Eine Weile lauschten alle den wunderbaren Klängen. Da glitt plötzlich Tullia von ihrer Liege, so, als ob alle nur auf diesen Augenblick gewartet hätten.

Sie warf ihren Umhang auf die Kissen, strich das Haar aus dem Gesicht und stellte sich in der Mitte des Raumes auf, genau gegenüber von Laris und Macha. Die weiße Haut schimmerte hell aus dem Dunkelblau ihres Gewandes.

»Gut so, gut, Tullia! Zeig deine Kunst!« rief jemand.

Einen Augenblick lauschte Tullia mit geschlossenen Augen der Musik, die jetzt schneller und schriller wurde. Dann begann sich ihr Körper zu bewegen. Sie hob die Arme mit angewinkelten Ellbogen und nach oben geöffneten Handflächen, drehte den Kopf zur Seite und schritt langsam, mit wiegenden Hüften, um die Säule, ging in die Knie, drehte sich nach links und rechts, ihre Hände mit gespreizten Fingern in seltsam abgewinkelten Bewegungen, wandte den Kopf hierhin und dorthin. Jedesmal, wenn sie, geschmeidig wie eine Schlange, an Laris und Macha vorbeiglitt, blitzten ihre dunklen Augen.

Macha verschlug es fast den Atem. Noch nie hatte sie eine Frau so tanzen gesehen. In einer einzigen Handbewegung, in dem Aufsetzen eines Fußes, in einem kaum angedeuteten Neigen des Kopfes, in jeder Regung ihres Körpers schien die Tänzerin das auszudrücken, was die Herzen der Menschen hier bewegte – Sehnsucht nach Liebe, Angst vor dem Unsichtbaren, Trauer um Verlorenes, Lebenslust und Todesangst zugleich. Tullia hatte, das fühlte Macha deutlich, alle Anwesenden in ihrer Macht. Sie spürte das Blut in ihren Schläfen hämmern, sie sah, wie die Augen der Männer an Tullia hingen.

Diese ließ sich, als sie ihren Tanz beendet hatte, auf ihre Liege fallen und steckte mit einem gelassenen Lächeln eine Feige in den Mund.

Wie ein Sturm erhob sich das Rufen und Klatschen der Gäste.

»Bravo Tullia!« – »Köstlich!« – »Du bist göttlich!« gingen die Rufe hin und her. Dann rief jemand: »Weiter

Musik!«, und plötzlich hörte Macha: »Macha muß tanzen! Wir wollen sehen, wie Macha tanzt!«

Macha zuckte zusammen. O nein, das durfte nicht sein! Nie und nimmer wollte sie sich hier vor all diesen Menschen lächerlich machen! Hilfesuchend wandte sie sich zu Laris.

»Du sollst tanzen«, flüsterte er. »Tanze für mich, nur für mich, dann bist du besser als sie. Alle sollen sehen, wie schön Laris' Frau ist.«

Macha schluckte. Ihr Herz klopfte bis zum Hals. Das war ein Zweikampf, soviel war ihr klar, und sie war in der schlechteren Ausgangslage.

»Laris – das kann ich nicht.« Ihre Stimme zitterte. »Sag ihnen ...«

»Komm, Macha, tanze!« Arruns winkte ihr zu, sein fettes Gesicht glänzte. »Ich, der Gastgeber, wünsche es. Mir kannst du den Wunsch nicht abschlagen!«

Laris gab ihr einen kleinen Stoß.

Nun denn. Wenn es sein mußte ... Mehr als ihre Würde konnte sie nicht verlieren.

Langsam und bedächtig zog sie ihre Schuhe aus, streifte den Umhang von den Schultern, öffnete ihr Haar und ging, ohne die Augen zu heben, zur Mitte des Raumes. Alle schauten gebannt zu ihr hin, Tullia mit einem spöttischen Lächeln auf den Lippen. Thana nickte ihr aufmunternd zu. Als der erste Flötenton erklang, versank die Welt um Macha. Sie schloß die Augen und wartete, bis diese seltsame, fremde Musik von ihrem Körper Besitz nahm. Unvermittelt sah sie sich zu Hause, auf der Lichtung, die dunklen Bäume hinter sich und die Mondsichel über den Hügeln. Sie hörte das Rauschen der Flüsse und den Flügelschlag eines großen Vogels, spürte die warme Erde unter ihren nackten Füßen, den Wind, der ihr über die Stirn strich. Aufgehoben in diesem Bild begann Macha ihren Tanz. Sie mußte nichts dazutun, Füße und Arme bewegten sich wie von selbst, schritten die altvertrauten Kreise ab, ihre Hände spielten mit unsichtbaren Luftkringeln.

Macha wußte nicht, wie lange sie getanzt hatte, als die Musik abbrach. Stille breitete sich aus, knisterte über den Flämmchen, verwob sich mit den Blumengirlanden und ließ Machas Körper langsam ermatten. Als sie die Augen öffnete, sah sie ungläubige Blicke. Jemand rülpste, einer schlürfte geräuschvoll aus seiner Schale. Macha ging, ohne sich umzusehen, zu Laris und legte sich an seine Seite. Von dort, wo Tullia lag, kam ein Kichern.

»Gut, Macha!« rief Thana. »Wunderbar!«

Arruns räusperte sich. »Gut«, sagte er in das Schweigen hinein, »das war ganz gut.«

»Aber anders!« rief ein Mädchen. »Anders und ungewohnt! So haben wir noch nie jemanden tanzen gesehen! Machen das bei euch alle Frauen so?«

»Ja, erzähl uns von den Frauen bei euch!« Ein Mann sagte es lachend. »Sind alle so schön wie du? Und erzähl uns von deinem Land, und von euren Göttern!«

»Ja, ja, Macha, erzähle!«

Macha senkte den Kopf. »Ich kann nicht gut erzählen«, murmelte sie.

»Komm, Macha, Laris soll dir helfen!« rief Arruns.

Aber Macha schüttelte heftig den Kopf. Nie und nimmer wollte sie hier von ihrer Heimat erzählen, es fehlten ihr ohnehin die Worte. Sie begann zu zittern, Tränen liefen ihr über die Wangen. Betroffenes Schweigen machte sich breit.

Weinend barg sie ihr Gesicht an Laris' Schulter.

Er legte seinen Arm um sie. »Was ist, Macha, so hör doch auf zu weinen . . .«

»Ich will weg hier, bitte ...« Sie konnte kaum sprechen.

»Das geht jetzt nicht, nimm dich doch zusammen«, flüsterte er, und laut sagte er: »Ich denke, sie ist traurig.«

»Aber wir wollen nicht, daß Macha traurig ist!« rief Arruns. »Die Kleinen sollen tanzen!«

Alle klatschten in die Hände, die Musik begann von neuem. Macha wagte nicht den Kopf zu heben. Noch nie in ihrem Leben hatte sie sich so geschämt. Sie drückte ihr tränennasses Gesicht an Laris' Kleid, der leise auf sie einsprach. Da zupfte sie jemand am Ärmel.

»Macha, sei nicht traurig.« Es war eine Mädchenstimme. »Wir sind deine Freunde. Du brauchst dich nicht zu schämen. Du hast wunderbar getanzt.«

Macha guckte unter ihrem Ärmel hervor. Auf ihrer Liege saß das Mädchen mit den schwarzen Haaren und den Grübchen in den Wangen, das sie von Anfang an immer so neugierig angeschaut hatte.

»Ich bin Senia, die Schwester von Arruns«, sagte das Mädchen. »Komm, komm mit.« Und sie zupfte wieder an Machas Kleid.

Macha setzte sich auf und schluckte. Haarsträhnen klebten an ihren nassen Wangen, die Augen waren von den Kohlestrichen schwarz verschmiert.

»Komm«, flüsterte Senia. Sie nahm von einem Leuchter ein Öllämpchen und sagte ein paar Worte zu einer kleinen Sklavin. Dann zog sie Macha weg von Laris, durch einen dunklen Korridor, der von zwei Fackeln an der Wand schwach erleuchtet war. Macha sah im Vorbeieilen in eine Kammer hinein, wo glänzende Schwerter und Schilde an der Wand aufgehängt waren. Senia schlüpfte durch eine Tür.

»Psst.« Sie legte den Zeigefinger auf den Mund. »Ramtha schläft.«

Im flackernden Licht des Flämmchens sah Macha ein nur halb zugedecktes kleines Mädchen. Es lag auf dem Rücken, den Kopf zur Seite geneigt, die Beine etwas angezogen. Seine Brust hob und senkte sich mit dem Atem.

»Mein Schwesterchen«, sagte Senia leise.

Die kleine Sklavin huschte lautlos in die Kammer. Sie brachte Wasser, ein Tuch, Kamm und Spiegel. Senia hieß Macha, sich auf den Rand des anderen Bettes zu setzen, wusch ihr das Gesicht und kämmte ihr das Haar. Macha lächelte.

»Du bist lieb«, sagte sie. »Danke.«

»Hast du Heimweh?« fragte Senia leise.

Macha nickte stumm.

»Oh. Ich kann dich gut verstehen«, sagte Senia. »Einmal war ich weg, bei einer Tante in Veii, nur für einige Tage – ich bin vor Sehnsucht nach meinen Eltern fast gestorben, das schwör ich dir. Daß du einfach so weggegangen bist! Komm – sonst wecken wir Ramtha.«

Das Kind murmelte etwas Unverständliches im Schlaf und drehte sich auf die Seite. Sie traten in den dunklen Vorraum und lehnten sich an die kühle Wand.

»Senia – ich liebe Laris.« Machas Stimme zitterte noch immer, und ab und zu stieg ein Schluchzen in ihr hoch. »Ich wollte das Meer sehen. Ich muß meine Freundin suchen.«

»Deine Freundin?« sagte Senia erstaunt. »Wie kommt denn das?«

Und Macha erzählte ihr, so gut es ging mit Worten, mit den Augen und den Händen, die ganze schreckliche Geschichte von Danuth, wie ihre stumme kleine Freundin aus dem Dorf verschleppt worden war, um als Sklavin irgendwo verkauft zu werden, und auch die ganze Sache mit Gaël und Laris.

Senia senkte den Kopf.

»Ich hätte auch heiraten sollen. Aber mein Verlobter ist gestorben, im letzten Herbst. Er hat sich beim Pferderennen verletzt.«

»Oh.« Macha schaute das Mädchen mitleidig an.

Senia machte eine abwehrende Handbewegung.

»Ich habe ihn nicht geliebt.« Sie kicherte.

»Senia . . . was war mit Tullia, und Laris?«

»Tullia? Die? Die wollte Laris um alles in der Welt.«

Tullia. Macha mochte den Klang dieses Namens nicht. »Warum hat er sie nicht geheiratet? Liebte er sie?«

»Ach – nein. Er hat sie wie Luft behandelt.« Senia zuckte mit den Schultern. »Er war ohnehin nie hier, ist immer umhergereist, mal hierhin, mal dorthin, hielt sich oft in Felsina auf. Und übrigens – sie ist falsch wie eine Schlange. Nimm dich in acht vor ihr.«

Gelächter und Lärm waren zu hören.

Senia zog Macha weg.

»Schnell!« rief sie. »Komm! Die Kleinen tanzen! Das ist lustig!«

Die beiden Mädchen eilten zur Gesellschaft zurück, in deren Mitte sich fünf kleine splitternackte Jungen mit Zöpfchen im Nacken aufgestellt hatten. Jetzt begannen sie, begleitet von einer schrillen und rasanten Musik, eine ganz und gar unglaubliche akrobatische Vorstellung, die einem fast den Atem nahm. Die kleinen Körper bogen und wanden sich, drehten sich im Kreis und kugelten sich übereinander. Bald kletterten sich die Kerlchen gegenseitig auf die Schulter, bald zogen sie sich unter den Beinen hindurch, vollführten Salto und Handstand. Das Erstaunlichste an dem Ganzen war, daß das alles in vollkommener Ordnung und Regelmäßigkeit geschah. Nicht ein einziges Mal trat einer an die falsche Stelle, nicht ein einziges Mal knickte ein Bein oder ein Arm ein. Hatte der eine gerade nichts zu tun, dann trat er mit verschränkten Armen und steifem Rücken zur Seite, um im nächsten Augenblick wieder mitten im Geschehen zu sein. Die blassen Gesichter der Jungen zeigten keinerlei Anstrengung, nur Konzentration und Spaß – ja, sie schienen wirklich Spaß zu haben an der Sache. Die Gesellschaft johlte, schrie und pfiff, als sich die fünf Kleinen mit einer anmutigen Verbeugung verabschiedeten und in der Küche verschwanden.

Macha hatte sich die Vorstellung aus einer Ecke mit verweinten Augen angeschaut. Sie war beeindruckt, ja, aber im Moment war ihr alles einerlei. Sie wollte nach Hause.

Senia, die neben ihr an einer Säule lehnte, schüttelte ungläubig den Kopf.

»Sie werden immer besser«, sagte sie. »Wenn man bedenkt...«

»Wenn man was bedenkt?« fragte Macha.

Senia seufzte. »Die Jungen gehören Cneve, einem der reichsten Männer Caisras. Er hält sie wie Tiere. Tag für Tag müssen sie diese harten Übungen absolvieren, und am Abend haben sie ihren Auftritt, wie heute – man kann sie mieten. Hast du nicht gesehen, wie mager sie sind? Das hier ist ein Fest für sie. Bei uns gibt es immer etwas in der Küche, das wissen sie. Die armen Kleinen – sie können einem leid tun.«

Das Fest nahm seinen Fortgang. Bis spät in die Nacht hinein wurde gezecht und getanzt. Macha schaute unbeteiligt zu, während Laris versuchte, sich mit Essen und Trinken bei Laune zu halten. Er war verärgert und wortkarg. Alles war schiefgelaufen.

Das Ende des Gastmahls im Haus des Arruns hätte man sich schlimmer nicht vorstellen können. Als die fröhliche Gesellschaft spät in der Nacht aufbrechen wollte und gerade dabei war, draußen vor dem Haus die Pferde zu zäumen und die Wagen zu besteigen, da brach ein Gewitter los, wie man es in dieser Jahreszeit noch nie gesehen hatte. Tinia, der Göttervater, war außer Rand und Band. Blitz um Blitz schleuderte er über den wolkenverhangenen Himmel. Aber kein Regen fiel, nur ein paar schwere Tropfen klatschten auf die Erde. Trotzdem flohen alle entsetzt ins Haus zurück und standen an die Wände gelehnt, wortlos und mit vom Schrecken gezeichneten Gesichtern.

Laris war aschfahl. Macha verstand nicht, was an dem Unwetter so schlimm sein sollte; sie hatte schon ganz andere Gewitter erlebt.

»Die Blitze, Macha!« rief Laris. »Und kein Regen dazu! Hör auf zu fragen! Das verstehst du nicht! Ein schlechteres Omen kannst du dir gar nicht vorstellen! Morgen wird der Priester verkünden, was er daraus gelesen hat. Wenn es nur nicht allzu schrecklich sein wird!«

Der Himmel klarte auf, Sterne blinkten da und dort, als die Gesellschaft in aller Hast aufbrach. Die Heimfahrt verlief schweigend. Laris trieb das Pferd an, er war nervös, immer wieder ließ er die Peitsche über den Rücken des Tieres knallen. Die beiden Mädchen hinten im Wagen wurden hin und her geworfen und mußten sich festhalten. Ein blasser Mond und die schnell vorbeihuschenden Wolken warfen ein flüchtiges, bewegtes Licht- und Schattenspiel auf die Straße vor ihnen und auf die angrenzenden Felder.

Am Morgen des folgenden Tages breitete sich die Prophezeiung des Haruspex von Caisra wie ein Lauffeuer aus: Es werde bald Unruhen geben im Land der Rasna. Aber wo, wann und aus welchem Grunde – das hatten ihm die Blitze nicht verkündet. Man sprach eine Zeitlang über nichts anderes, schaute besorgt nach dem Himmel und hoffte auf ein günstiges Zeichen.

Doch allmählich vergaß man das Ganze wieder, das Leben ging weiter, es geschah nichts Ungewöhnliches.

Da kam eines Tages ein Bote. Er brachte Nachrichten aus Felsina.

Wo Laris so lange bleibe? Man benötige ihn wegen irgendwelcher wichtiger Geschäfte, Macha verstand nicht genau, worum es ging.

Laris reagierte gereizt. Das kam ihm alles andere als gelegen. Er wollte doch den Winter hier verbringen. Nach langem Hin und Her entschloß er sich aber trotzdem, in den Norden zu reisen, um vor dem Wintereinbruch wieder in Caisra zu sein. Macha sollte mitkommen – wenn sie ihn begleiten wollte.

Felsina? Ja natürlich wollte sie dorthin! Hatte sie nicht lange genug immer wieder diesen Namen gehört, hatte versucht sich vorzustellen, wie es dort aussah?

Doch zwei Tage vor der geplanten Abfahrt erwachte Macha mit Glieder- und Kopfschmerzen.

Laris wurde ungeduldig. »Lange können wir nicht mehr warten«, sagte er. »In Felsina brauchen sie mich.«

Wie ein eingesperrtes Tier eilte er im Haus hin und her, erkundigte sich immer wieder nach Machas Befinden. Doch als sich ihr Zustand nach ein paar Tagen nicht besserte, entschloß er sich, allein zu reisen.

Macha war einverstanden. »Es ist nichts«, meinte sie. »Halb so schlimm. Ich werde das nächste Mal mitkommen. Hier bin ich gut aufgehoben. Aber du – du mußt gut auf dich achtgeben!«

Laris lachte. »Diese Reise habe ich schon mehr als einmal gemacht.«

Und so brach er an einem klaren Morgen des Monats Sarthun mit Tanchvils Segen und der Erinnerung an Machas Küsse auf den Lippen nach Norden auf. Ein paar Wochen werde er weg sein, das sei doch zum Aushalten? Aber sicher! Macha war ja nicht allein, sie hatte das Fröschchen, und mit Thana und Senia schmiedete sie bereits Pläne, was sie zusammen unternehmen würden: Stoffe, Bänder und Garn besorgen und daraus für Macha ein Winterkleid nähen; nach Falerii fahren, dort eine Tante von Thana besuchen und Käse und Würste nach Hause bringen.

Doch daraus wurde nichts.

8. Kapitel

Machas Zustand wurde immer schlimmer. Noch wehrte sie sich gegen die Krankheit, streckte ihrem bleichen Spiegelbild mit den eingefallenen Wangen die Zunge heraus, versuchte, aufrecht ins Haus zurückzugehen, wenn sie sich in der Latrine fast die Seele aus dem Leib gespuckt hatte. Zudem beschäftigte sie noch etwas ganz anderes: Ihre Regel, die seit einiger Zeit fällig gewesen wäre, war noch immer ausgeblieben. Das erfüllte Macha mit einer erwartungsvollen Unruhe, aber gleichzeitig fühlte sie sich elend. Ein Schmerz hockte auf ihrer Brust. Was war das für eine seltsame Traurigkeit, die sich in ihr eingenistet hatte? Beim Anblick des Blättergelbes an den Platanen und Kastanienbäumen brach sie in Tränen aus.

Dann stellte sich Fieber ein. Die Nächte durchwachte sie, oder sie fiel in einen unruhigen, traumlosen Schlaf, aus dem sie schweißgebadet aufschreckte. Wenn sie am Morgen aufstand, stieg Übelkeit in ihr hoch.

Tanchvil begann sich Sorgen zu machen. Ein Heilkundiger wurde zu Rate gezogen. Der Mann hielt sein Ohr auf Machas Brust und horchte lange, betrachtete ihre weißen Hände, strich der Kranken mit Amuletten über Stirn und Augen. Dann schüttelte er nachdenklich den Kopf. Im Flüsterton erklärte er Tanchvil, er wisse nicht, was Macha fehle. Das Heimweh wohl, oder sie ertrage womöglich die Meeresluft nicht? Speisen, die ihr nicht bekämen? Ein Dämon, der sie plage? Etwas Schweres sitze auf ihrem Herzen. Er ließ ein paar Kräuter dort, das war alles, was er tun konnte.

Die Stimmung im Haus war verzweifelt. Tanchvil war außer sich – sie konnte es doch nicht zulassen, daß diese junge Frau, die Gefährtin ihres Sohnes, einfach so vor sich hinstarb! Was hatten die Götter im Sinn? Waren sie verärgert, daß eine Fremde hier im Haus war? Und wie sollte sie Laris gegenübertreten, wenn er nach Hause kam? Trotz der Herbststürme fuhr sie zweimal zum Uni-Heiligtum nach Pyrgi und opferte der Göttin. Sie entzündete jeden Morgen Räucherharze, betete zu den kleinen Ahnenfiguren auf dem Hausaltar und bereitete den Tee für die Kranke eigenhändig zu – niemand durfte an die Kräuter rühren, die der Heilkundige dagelassen hatte.

Lethe hatte verweinte Augen. Immer wieder schlich sie sich zu Macha ans Bett, streichelte ihre Hände, redete leise mit ihr.

»Was hast du, Macha?« sagte sie. »Warum bist du so bleich? Soll ich wieder deinen Mantel anziehen, damit du lachen kannst? So antworte doch!«

Hin und wieder stand Ximantre unter der Tür, schaute Macha schweigend und hilflos an.

Wenn Tanchvil und Thana miteinander tuschelten, dann saß Aule auf dem Schoß seiner Großmutter und hörte mit großen Augen zu.

Währenddessen lag Macha in ihrer kleinen Kammer, von Kissen gestützt, und lauschte, die schmalen Hände bewegungslos auf der Decke, dem immer leiser werdenden Rauschen des Blutes in ihren Ohren nach. In wachen Augenblicken starrte sie an die gegenüberliegende Wand, wo ein Streifen Sonnenlicht die Zeit auf das Braun des Lehms malte. Am Morgen lag der helle Strich mit ausgefransten Rändern schräg in der linken oberen Ecke, dann wurde er breiter und wanderte langsam über die ganze Wand, bis er senkrecht über der großen Holztruhe stand, allmählich verblaßte und plötzlich erlosch. Um diese Zeit begannen wieder die vielen Geräusche im Haus, Schritte eilten hin und her, aus entfernten Winkeln tönte das Scheppern von Geschirr und das Rufen und Lachen der Sklaven. Ab und zu huschten Schatten durch die Kammer, flüsterten, streichelten Machas Hände, hin und wieder nahm sie einen hellen gelben Flecken im Türrahmen wahr. Am Morgen und am Abend schob ihr jemand einen Löffel mit einer bitter schmeckenden Flüssigkeit in den Mund. Das alles schien sich in weiter Ferne und ohne Bezug zu ihrem Dasein abzuspielen – ihre Sinne begannen wegzugleiten, in eine andere Welt.

Eines Morgens fehlte der Lichtstreifen an der Wand, draußen heulte der Wind und peitschte den Regen gegen die Hauswand. Arim hockte am Fuß von Machas Bett und schlug klagend die Ärmchen über die Schultern.

An diesem Morgen kam aus weiter Ferne, aus einer

anderen Welt, die Erinnerung. Machas Finger wurden von einer unsichtbaren Kraft gelenkt, und sie versuchten, das Säckchen mit Deirdres Amulett zu öffnen. Dann lag es in ihrer Hand. Unsicher betasteten ihre Finger das Ding, versuchten es vor die Augen zu halten. Es war ein runder Stein, grau, mit eingesprengten glitzernden Teilchen. Unscheinbar, ein Stein, wie man ihn zu Hause am Ufer ihres Sees überall finden konnte. Sie hörte eine Stimme, die sagte: »Geh noch nicht zum Fluß, geh nicht.«

Und dann kam das Summen wieder. Wie lange war Macha davon verschont geblieben! Viele Monate war es her, seit sie zum letzten Mal Bilder gesehen, das Rauschen in der Luft gehört hatte! Jetzt überfiel es sie plötzlich und ohne Vorankündigung, wie ein Fieberanfall erfaßte es ihren Körper. Das Summen begann in ihrer Stirn und machte sich breit, bis in ihrem Kopf ein Rollen war, das den Schädel zu sprengen drohte. Flammen tanzten vor ihren Augen und durchlöcherten das Dunkel, in dem ihre Sinne dahinglitten. Inmitten des Feuers sah sie zwei Hände, die etwas in ein rotes Tuch einwickelten, immer und immer wieder strichen sie über die Falten des Stoffes. Das, was in dem Tuch lag, sah aus wie ein Pinsel, ein Pinsel aus roten Haaren.

Macha schrie und schlug mit den Armen um sich. Jemand kühlte ihr die Stirn mit einem Schwamm, legte das Ohr auf ihren Mund.

»Die Haare.« Machas Stimme war kaum hörbar. »Meine Haare«, sagte sie.

Tanchvil horchte noch einmal hin. Was hatte Macha da gesagt? Nach Tagen des Dahindämmerns hatte sie zum ersten Mal wieder gesprochen – »meine Haare« hatte sie gesagt. Was hatte das zu bedeuten?

Sie suchte Thana, die mit dunklen Ringen unter den Augen auf dem Korbsessel vor dem Haus hockte und trockenes Brot mit Olivenöl beträufelte.

Tanchvil riß die Tür auf.

»Wo bist du, Thana?« rief sie aufgeregt. »Hör zu! ›Meine Haare‹ hat sie gesagt, Macha hat von ihren Haaren gesprochen!«

Das Mädchen steckte sich ein Stück von dem Brot in den Mund, hielt einen Moment inne, schloß die Augen und dachte nach. Und jetzt ging alles sehr schnell. Das Kännchen fiel zu Boden, dunkelgrünes Öl sickerte in die Erde. Thana schürzte ihren Rock und rannte, so schnell ihre Beine sie trugen, in Machas Kammer. Einen Augenblick lang lauschte sie auf den flachen, schnellen Atem der Kranken, dann riß sie den Deckel der Truhe hoch und kramte wie von Sinnen in den Tiefen zwischen Tüchern und Kleidern.

»Was tust du da?« schrie Tanchvil, die ihr gefolgt war.

Thana erhob sich und hielt sich zitternd an der Truhe fest.

»Ja. Ja, es ist weg«, flüsterte sie. »Mutter, hilf mir ...«

»Was ist weg, was, so sag doch etwas!«

»Die Haare sind weg, Mutter, Machas Zopf – die Büchse mit Machas Zopf ist leer.«

Macha warf den Kopf hin und her.

Diese Nacht durchwachte Thana. Erst als der Morgen graute, fiel sie in einen unruhigen Schlaf, aus dem sie, kaum krähte irgendwo draußen in den vom Nebel verhangenen Hügeln der erste Hahn, von einem Hustenanfall geschüttelt wieder aufwachte. Aber sie hatte die Antwort gefunden. Es gab nur eine Möglichkeit.

Frühmorgens klopfte sie an die Tür des Stadthauses der Familie Canathnei und fragte nach Senia.

»Was ist?« fragte Senia atemlos. »Macha? Ist sie …?«

»Frag nicht! Es geht ums Ganze!« sagte Thana. »Komm mit.«

»Diesen Zwang lege ich bei euch nieder, immer und immer wieder, daß ihr mich hört, Satres, Cilens und Vetis, alle Dämonen an diesem Ort beschwöre ich. Begebt euch zu der, die ich hasse, und durchbohrt ihr Herz und ihre Eingeweide, macht, daß sie nicht essen kann und nicht trinken. Nehmt weg von ihrer Stirn, was nachts den Schlaf begleitet.«

Das Geflüster verstummte. Ein Lichtstreifen fiel durch den Fensterschlitz in der ockerfarbenen Wand auf zwei schmale Hände und auf die blonden Haare. Armreifen klirrten, als die Finger sich Nägel aus einer Schatulle griffen und sie einer kleinen wächsernen Puppe, die auf einem Fetzen von rotem Tuch lag, in die Augen und in die Fußsohlen steckten.

»Sie soll nicht wachen und nicht schlafen«, murmelte die Stimme, und ein Nagel senkte sich langsam in den wächsernen Bauch. »Löscht die Träume in ihrer Erinnerung aus. Tut euer Werk, Dämonen, am Tag und in der Nacht.«

Die blassen Hände fuhren über die rötlichen Haarsträhnen, die an dem grotesken Wachskopf befestigt waren. Es klopfte.

»Wer ist da?« rief Tullia.

»Besuch für Euch, junge Herrin«, sagte die Stimme der Sklavin vor der Tür. »Senia Canathnei und Thana Veltsichna.«

Tullia erbleichte. In hastiger Eile schob sie die Puppe unter eine Decke, räumte die Nägel in die Schatulle zurück und stellte diese an ihren Platz auf einer Truhe.

»Ich komme gleich!« rief sie.

Da wurde die Tür mit einem Fußtritt aufgestoßen. Unter dem dunklen Holzbalken standen Thana und Senia, verschwitzt und außer Atem.

»Oh.« Tullia lächelte. »Wie schön, daß ihr mich besuchen kommt. Es ist zwar noch etwas früh ...«

Mit einer Handbewegung bat sie die beiden Mädchen in ihre Kammer, aber diese rührten sich nicht vom Fleck. In ihren Augen standen Wut und blanker Haß.

»Gib die Haare raus und die Puppe, und mach schnell«, zischte Senia. »Wir haben keine Zeit zu verlieren.«

»Was für Haare, ich weiß nicht ...«

»Du gemeines Biest, du hinterlistige, falsche Schlange, du sollst sofort Machas Haare herausgeben, hörst du!?«

Thana hämmerte mit der flachen Hand an die halboffene Tür. Sie begann zu schreien.

»Eine Fluchpuppe hast du gemacht, mit Machas Haaren, wir wissen alles! Die Träume willst du ihr wegnehmen, wir haben es eben gehört!«

Tullia wurde weiß wie Kreide. Sie wich zur Wand zurück.

»Nein«, rief sie, »so hört doch ...«

Aber Thana und Senia hörten nicht mehr hin. Sie stürmten in die Kammer, öffneten die Truhe, schauten unters Bett, warfen alle Kissen durch den Raum, und mit einem triumphierenden Geheul zog Senia die Puppe unter der Decke hervor.

»Ha!« Thana riß Senia das Wachspüppchen aus der Hand. »Da, da! Habe ich es doch gewußt!«

Mit zitternden Fingern zog sie die Nägel aus dem Wachs und warf sie zu Boden. Dann riß sie mit den Zähnen die Haare vom Kopf der Puppe und steckte den Zopf vorne in ihr Kleid.

»Und hier!« schrie Thana, indem sie ein am Rücken der Puppe angehängtes Bleiplättchen abriß. »Hier hast du Machas Namen hingeschrieben!« Sie warf das Plättchen mit den vier eingeritzten Zeichen auf den Boden und trat mit den Füßen wütend darauf herum.

Tullia duckte sich in panischer Angst neben die Truhe.

»Ich war es nicht!« kreischte sie. »Nein, nein ... Jemand hat mir die Haare gebracht, nicht ich habe sie genommen!«

Senia und Thana schauten sich an. Senia ging zu Tullia, packte sie an den Haaren und blickte ihr in die aufgerissenen Augen.

»Dann sag uns, wer es war«, zischte sie, »wer war es?«

Tullia wandte ihr Gesicht ab.

»Das Kind«, sagte sie tonlos. »Aule.«

Tanchvil stand verzweifelt und weinend unter der Tür.

»Ihr kommt zu spät«, sagte sie mit erloschener Stimme. »Macha ist am Sterben.«

Thana warf schnell das Bleiplättchen ins Feuer, einen Augenblick lang schauten sie zu, wie die graue, glatte Oberfläche blasig wurde und das Metall zu schmelzen begann. Dann eilten sie ohne ein Wort zu sagen in Machas Kammer und legten den Zopf auf ihre Bettdecke.

Lethe kauerte mit verweinten Augen in einer Ecke.

»Hier, Macha«, wisperte Thana, »wir haben deine Haare zurückgebracht, der Zauber ist gebrochen. Jetzt kämpfe, Macha, sei stark, komm zu uns zurück. Laß dich nicht aufs Boot ziehen, es ist zu früh für dich, auf die Reise zu gehen. Denk an Laris, er wird bald nach Hause kommen.«

Senia und Thana hockten sich neben Machas Bett auf den Boden, lehnten sich erschöpft gegen die Wand und wichen nicht mehr von der Stelle.

Es wurde Nacht, der Regen prasselte auf das Dach und sammelte sich gurgelnd in den Rinnen des Hofes. Beim Morgengrauen trat Tanchvil in die Kammer, legte ihr Ohr auf Machas Brust und hielt einen Augenblick das schmale Handgelenk. Dann stieß sie einen Seufzer aus und schlüpfte mit einem Lächeln auf den Lippen wieder hinaus.

Macha erinnerte sich später, daß sie lange – wie lange? – allein in einer dunklen Höhle gekauert war, ganz hinten, wo kaum ein Streifen Licht hinfiel, und immer nur zu dem Loch im Fels, jenseits des Flusses gestarrt hatte. Sie spürte, daß sie nicht allein war. Neben ihr hockte ein kleines Wesen, zart und durchscheinend wie die Flamme eines Talglämpchens. Hinter dem Loch, da war ein Stück Himmel, dessen Farbe sich allmählich von einem hellen Weiß zu Nachtblau verwandelte. Der Tag dehnte sich ins Endlose, angestrengt versuchte Macha, das letzte Verglimmen der Helligkeit wahrzunehmen. Vor dem Hereinbrechen der endgültigen Dunkelheit sah sie, daß sich vom andern Ufer her langsam der Schatten eines Bootes näherte. Der Bug war mit einem Wimpel geschmückt, an dem ein Büschel roter Haare flatterte. Sie stand auf und ging, das kleine Wesen an der Hand, dem Boot entgegen, hörte ihren stoßweisen Atem und das Knirschen beim Auflaufen des Kiels auf der Uferbank. Gerade in dem Augenblick, als sie dem Fährmann mit der Kapuze ihre Hand reichen wollte, sagte eine vertraute Stimme: »Macha, bleib bei uns, geh nicht aufs Boot . . .« Sie fühlte, wie die Stimme sie weglockte, weg vom Boot, weg vom Fluß, hin zu dem Loch im dunklen Fels, hin zu dem Nachtblau.

Schon am Morgen nach der Regennacht kehrte die Farbe zurück in Machas Gesicht. Später brachte ihr Ximantre, scheu lächelnd, einen Napf voll Suppe, die nach Fleisch und Zwiebeln roch und auf deren Oberfläche herrliche große Fettaugen schwammen. Macha schlürfte die heiße Brühe mit geschlossenen Augen, und ihr war es, als sei sie eben aus einer anderen Welt zurückgekommen. Wo war sie gewesen?

»Thana...« sagte sie mit matter Stimme. »Was war?« Sie legte ihre Hände aufs Gesicht. »Ich war krank, aber da war auch noch etwas anderes. Ich war in einer anderen Welt...«

»O Macha. Wie bin ich froh, daß du uns nicht verlassen hast.« Und Thana erzählte Macha im Flüsterton, was geschehen war.

»Sie wollte dir deine Träume stehlen«, sagte sie aufgebracht, »wir haben es gehört. Ein Fluchplättchen hatte sie gemacht, mit deinem Namen.«

Das Haus der Tanchvil Veltsichna war in Aufruhr. Als Matuna hörte, welche Rolle Aule in dieser ganzen schlimmen Geschichte gespielt hatte, raufte sie sich die Haare, zerriß ihr Kleid über der Brust und haderte mit den Göttern. Macha bekam Gänsehaut, als sie Matunas schrille Stimme durch das ganze Haus schallen hörte.

»Was«, schrie die Frau, »was habe ich falsch gemacht? Wofür bestraft mich der Himmel?«

»Du hast nichts falsch gemacht«, sagte Tanchvil. »Hör auf zu schreien. Die Götter schlagen dein Kind mit Bosheit, weil seine Schönheit und Anmut für sie eine Kränkung ist. Aber trotz allem ist Aule doch nur ein Kind, das von Tullia mißbraucht wurde.« Sie seufzte. »Sehen wir, daß Friede und Sanftmut einkehren. Laris wird sicher bald zurück sein. Wegen Aule werde ich mit dem Priester in Pyrgi sprechen. Und wenn mich nicht alles täuscht, brauchen wir Ruhe und Gelassenheit für die kommende Zeit.«

Macha wollte über die ganze unsägliche Geschichte nicht mehr reden. Was, wenn Tanchvil das aussprach, wovor sie sich so schrecklich fürchtete? Wenn sie sagte: »Ja, ja, so etwas mußte ja geschehen, man weiß doch, daß Menschen mit hellen Augen Unglück bringen«?

Und wann immer sie das Haus verließ, tat sie es mit Herzklopfen und bat die Götter inbrünstig, daß sie Tullia nicht begegnete. Sie haßte dieses Mädchen. Weshalb hatte sie nach ihrem Leben getrachtet?

Aber da gab es auch noch etwas ganz anderes, Aufregendes. Als Machas Regel nun auch ein zweites Mal ausgeblieben war, wußte sie mit Sicherheit, daß jemand sie auf ihrer Rückkehr aus dieser anderen Welt begleitet hatte. Eine unbändige Freude erfüllte sie. Immer wieder befühlte sie ihren Bauch, um zu sehen, ob er etwa schon gewachsen war. Wie bei allen Göttern sollte sie das Tanchvil sagen, und Thana? Sie wußte es nicht, und so beschloß sie, vorderhand ihr Geheimnis für sich zu behalten.

Laris ließ auf sich warten. Macha zählte die Tage. Sie wünschte sich, die Gestirne würden ihren Lauf beschleunigen. Der Sonne war das einerlei. Tagelang versteckte sie sich hinter einem eintönigen grauen Wolkenschleier, und eines Morgens war alles mit einem Hauch von Reif überzogen. Wie dunkle Wolken wogten die Starenschwärme über den Pinien jenseits der Mauer auf und nieder. Macha nahm sich vor, den Vögeln im Frühling, wenn sie nach Norden zurückkehrten, ihre Grüße mitzugeben, die Grüße von Macha und dem Kind, das in ihr heranwuchs.

Ich muß endlich Tanchvil einweihen, dachte sie dann. Und Laris? Was würde wohl Laris dazu sagen?

Das Feuer in der Küche brannte jetzt Tag und Nacht. Im Haus wurden in allen Räumen bronzene Dreifüße aufgestellt, die zweimal am Tag mit Gluten gefüllt wurden. Die kleine, behagliche Wärme richtete aber nicht viel aus gegen die Feuchtigkeit, die sich bald zwischen den Wänden breitmachte und vom Boden her durch die Füße in die Glieder kroch. Nach drei Tagen hatten alle Hausbewohner außer Macha rote, triefende Nasen und husteten ohne Unterlaß in ihre wollenen Umhänge. Tanchvil klagte über ihre schmerzenden Schultern, Ximantre schneuzte sich pausenlos und zog den Rotz hoch, und einmal sah Macha mit großem Schrecken, wie Thana verstohlen in ein Tuch hustete und dabei Blut ausspuckte.

Lethe hatte rote Ohren von der Kälte, obwohl sie eine Wollmütze trug. Sie rannte ständig hinter Arim her und versuchte, dem Tier ein Mäntelchen überzuziehen. Das wiederum ärgerte Tanchvil, denn das Äffchen flüchtete sich unter Keifen und Gezeter hinter ein Möbel oder in die Küche.

»Hör doch auf!« rief Tanchvil. »Siehst du nicht, daß das Tier einen Pelz hat? Es braucht keinen Mantel!«

Aber Lethe ließ sich nicht beirren. »Du, Großmutter!« rief sie. »Siehst du nicht, daß Arim friert? Er klappert mit den Zähnen und sucht die Wärme des Feuers.«

Zu guter Letzt gelang es ihr, Arim das graue Filzmäntelchen überzuziehen. Dem Äffchen schien es sogar zu behagen. Ab und zu zupfte es am Saum, knabberte am Kragen oder versuchte, mit spitzen Fingerchen die Fäden aus den Nähten zu ziehen.

Macha lachte. »So schlimm ist die Kälte doch nicht«, sagte sie. »Der Winter bei uns – das ist etwas ganz anderes!«

Und sie erzählte Lethe von dem zugefrorenen See und vom Fest der Wintersonnenwende und sehnte sich nach den klirrenden Winternächten.

»Was machen denn die Enten, wenn der See zugefroren ist?« wollte die Kleine wissen. »Frieren sie fest im Eis?«

Macha lachte. »Nein, sie sitzen im Schilf und plustern ihr Gefieder auf. Und manchmal landet eine im Kochtopf.«

9. Kapitel

Mitunter bettelte die kleine Lethe bei ihrer Großmutter um Geschichten, und auch Thana und Macha, die am Feuer saßen und veilchenblauen und sonnenblumengelben Wollstoff bestickten, hörten zu.

»Erzähl, Großmutter«, sagte Lethe. Tanchvil hockte sich auf einen Klappstuhl, rückte das Becken mit der Kohleglut in die Nähe und glättete ihren Rock. Ihr Blick glitt in die Ferne, ihre Gesichtszüge wurden weich, und sie begann zu erzählen, von dem Land, aus dem ihr Großvater stammte. Von Qart Hadast, der geheimnisvollen Stadt jenseits des Meeres. Wenn sie leise davon sprach, wie dort in jeder Neumondnacht im Tempel der Göttin Astarte der jüngstgeborene Säugling geopfert wurde, indem man ihn in einen lodernden Feuerschlund warf, dann schloß Lethe die Augen, und auf Machas Armen sträubten sich die Haare.

Dann sagte Lethe schnell: »Erzähl von deinem Großvater!«

»Es ist lange her. Mein Großvater – dein Ururgroßvater – ach Lethe, er war ein gefürchteter Mann!« Tanchvil seufzte. »Wenn sein Zweimaster aus Zedernholz vom Libanon mit den hundert Ruderern und den dunklen Segeln in den tyrrhenischen Gewässern auftauchte, verbreiteten sich Angst und Schrecken. ›Amiel, der Löwe aus Qart Hadast, ist wieder hier!‹ riefen dann die Leute, und die Handelsschiffe der Rasna und der Griechen drehten bei und suchten den nächsten sicheren Hafen auf. Aber eines Tages ging er unerkannt an Land, und da traf er ...«

»Deine Großmutter!« rief Lethe. »Erzähl!«

»Also, hör gut zu. Amiels Piratenschiff kreuzte wieder einmal vor der tyrrhenischen Küste. Da brach unter seiner Mannschaft eine seltsame Krankheit aus. Die Ruderer kippten zu Dutzenden tot von ihren Bänken.

Amiel kämmte sein blauschwarzes, glänzendes Haar, zog sich frische Kleider an und ließ sich in einer dunklen Nacht von einem Ruderboot zur Küste bringen. Er wollte im Tempel die Göttin um Beistand bitten.«

Lethe legte ihre kleine Hand auf Tanchvils Schoß und schaute die Großmutter gespannt an.

»Am andern Morgen opferte er fünf der dreißig Silberplättchen, die er einige Tage zuvor bei einem Überfall auf hoher See einem Schiffer abgenommen hatte, und ging in ein Haus am Hafen. Er ging einfach hinein, schnippte mit dem Finger und rief: ›Trinken!‹ Aber niemand rührte sich. Da brüllte er wieder und ließ die Faust auf die Lehmbank niedersausen. Er erhob sich, nahm einen Krug, der dort stand, und zertrümmerte ihn mit einem einzigen Schlag an der Wand.«

Lethe lachte. »Dann kam deine Großmutter!«

»Ja. Sie hörte einen Lärm, ging nachschauen, und da sah sie einen Mann, der war groß und hatte schwarze Haare und dunkel blitzende Augen. Da stemmte sie die Arme in die Hüfte, machte ihren schönen Mund schmal und sagte: ›Auch Amiel, der Seefahrer, soll sich in meinem Haus anständig aufführen.‹ Amiel fiel beinahe der Kiefer herunter...«

»... und sein Gesicht wurde sanft. Denn was er dort sah, das war die schönste Frau, der er je in seinem Leben begegnet war«, fuhr Lethe fort, kicherte und klatschte in die Hände. »Und dann, Großmutter?«

Tanchvil fuhr fort. »›Woher weißt du meinen Namen?‹ flüsterte Amiel. Meine Großmutter lachte schallend. ›Amiel der Löwe! Wer kennt nicht deine blauschwarzen Haare, wer weiß nicht, daß Amiel groß und aufrecht ist wie ein Schiffsmast, daß er eine Stimme hat wie ein Löwe! Dein Ruf eilt dir im Land der Rasna voraus.‹ Amiel sagte: ›Und du bist Vibia, die schönste Frau an der tyrrhenischen Küste. Von dir singen die Wellen draußen auf hoher See, denn sie lauschen den Worten der Seefahrer, die den Hafen Pyrgis verlassen haben. Stimmt es?‹ Meine Großmutter nickte, und die beiden schauten sich lange an.«

Tanchvil strich ihrer Enkelin über die Wollmütze.

»Der Matrose, der Amiel an Land gerudert hatte, mußte lange warten. Einen ganzen Tag und eine ganze Nacht hockte er im Hafen und wartete auf Amiel, und als der nicht kam, ruderte er zum Schiff zurück und verwünschte seinen Kapitän mit den schlimmsten Flüchen. Das Schiff kreuzte sieben Tage lang vor der Küste, bis endlich Amiel zurückkam. Da war schon fast die ganze Mannschaft tot. Amiel setzte die Segel und fuhr in sein Land zurück.«

»Aber Vibia hatte nichts dagegen, daß er so viele Tage bei ihr geblieben war, oder?« wollte Lethe wissen.

»Nein, Vibia hatte nichts dagegen. Denn Amiel war ein Mann wie ein Pinienkern – mit einer harten, dunklen

Schale und einem weichen, hellen Innern. Sein Haar roch nach Meersalz und Zedernholz, und das gefiel meiner Großmutter. Und übrigens – wenn sie etwas dagegen gehabt hätte, dann wäre Amiel der Löwe nicht geblieben.«

Macha seufzte. »Ist Amiel später wieder zurückgekommen?«

Tanchvil schüttelte den Kopf. »Nein ... Aber immer im Frühjahr wurde Vibia von einer seltsamen Unruhe erfaßt. Sie schaute jeden Tag aufs Meer hinaus und suchte mit den Augen den Horizont nach einem Zweimaster mit braunen Segeln ab. Aber er kam nie wieder, nie wieder. Ja, ja, so ist das. Und neun Monate später ist dann meine Mutter zur Welt gekommen ...«

Macha versuchte, sich Amiel vorzustellen, und entschied, daß er wohl wie Laris ausgesehen hatte. Denn woher, wenn nicht von ihm, hatte Laris seine schwarzen Augen und den aufrechten Gang?

»Und viel, viel später kamst du zur Welt, und dann Laris, und Matuna, und dann ich«, sagte Lethe, »und später Aule ...«

Es war still. Da holte Macha tief Atem und sagte: »... und bald wird Laris' Kind zur Welt kommen!«

Tanchvil und Thana schauten Macha entgeistert an.

»Macha!« rief Thana. »Wie meinst du das? Was soll das heißen? Du meinst ... bist du sicher, ganz sicher?«

Macha schloß die Augen und nickte stumm.

»Oh, oh!« Thana stieß ein Freudengeheul aus. »Oh! Macha! Ist das nicht wunderbar? Du mußt sofort nach Pyrgi fahren und Uni ein Opfer bringen! Es wird ... ein Sommerkind, nicht wahr?«

»Ja.« Macha nickte. »Ein Sommerkind. Im Monat Turane ...«

Dann hielten sich beide an den Händen und lachten

und merkten nicht, daß der Stoff von Thanas Knien ins Feuer gerutscht war. Erst als es scheußlich zu stinken anfing, schreckten sie auf und schlugen mit der Feuerschaufel in die Glut.

»Ein Sommerkind.« Tanchvil seufzte. Sie strahlte. »Bist du froh?«

Macha nickte. »Ja, Tanchvil. Nur ... ich ... ich habe auch Angst. Meine Schwester ist bei der Geburt ihres ersten Kindes gestorben. Ich muß Uni um Beistand bitten, denn ich habe Angst, ja ... Ich werde meinen Zopf im Heiligtum opfern. Denkst du, daß das eine gute Idee ist?«

Tanchvil nickte.

»Ja, das denke ich. Und mach dir keine Sorgen«, sagte sie, »hier bist du gut aufgehoben. Ich kann gar nicht zählen, wie viele Kinder in diesem Haus schon zur Welt gekommen sind.«

Die Glut im Bronzebecken war klein geworden. Tanchvil schneuzte sich, erhob sich schwerfällig und strich Macha übers Haar. Dann rief sie einen Sklaven, der frische Holzkohle auflegen sollte.

An jenem Tag, da Laris heimkam, lag knöchelhoch Schnee. Das war außergewöhnlich. Tanchvil schlug die Hände über dem Kopf zusammen.

»So etwas!« rief sie. »Ich erinnere mich nicht, daß es jemals so lange ohne Unterbrechung geschneit hat! Macha! Paß auf, daß du nicht frierst, du mußt dich warm anziehen!«

Macha lachte. »Ja, ja«, sagte sie, »ja, Tanchvil.«

Sie genoß Tanchvils Fürsorglichkeit. Seit dem Tag, an dem Macha von ihrer Schwangerschaft erzählt hatte, begegnete ihr Laris' Mutter anders als früher. Ihre Blicke waren wohlwollend, ja Macha spürte, daß Tanchvil stolz war auf sie. Wenn sie mit ihr sprach, sagte sie nie mehr »mein Kind«, sondern behandelte sie wie eine Frau – mit Achtung und Respekt. Das, dachte Macha, habe ich jetzt also gut gemacht.

Die Zypressen standen hoch und schwarz in dem glitzernden Weiß, das die vielerlei Geräusche verschluckte, die sonst über den Hügeln schwangen. Macha hatte nicht gehört, daß sich ein Reiter dem Haus näherte. Erst als Stimmen laut wurden, warf sie schnell einen prüfenden Blick in den Spiegel, zupfte eine Haarsträhne zurecht, kaute an ihren Lippen, bis sie dunkelrot waren, strich die Falten ihres Rockes gerade und eilte Laris entgegen.

Er stand neben dem Pferd, einen dicken Fellumhang über den Schultern, die Zügel in der Hand. Macha bemerkte einen Schatten auf seinen Wangen, der früher nicht dort gewesen war. Sie watete durch den Schnee, Laris streckte seine Arme aus, hielt sie bei den Schultern und küßte sie auf die Stirn.

»Macha!« rief er. »Wie bleich du bist. Was ist geschehen?«

Sie senkte den Kopf. »Den Göttern sei Dank, daß du zurückgekommen bist«, sagte sie. »Es ist nichts. Es war … Laris … ich … ich muß dir etwas sagen …«

Jetzt lachte sie. »Laris, ich trage dein Kind unter meinem Herzen.«

Da nahm Laris sie in seine Arme.

»O Macha«, sagte er, »ist das nicht wunderbar? Das ist seit langer Zeit die beste Nachricht, die ich höre. Ich bin froh, und ich danke den Göttern dafür.«

Natürlich erfuhr Laris an diesem Tag doch noch die Geschichte mit Tullia und Aule. Er war außer sich.

»Welch ein Unglück!« rief er. »Gibt es unter den Gestirnen so viel Falschheit? O ihr Götter, bestraft diese Frau mit Gram und Kummer! Warum bin ich weggefahren, warum nur, ich hätte es nicht tun sollen!«

Macha schüttelte energisch den Kopf. »Du hättest mir auch nicht helfen können. Es war Deirdre, die mir den Weg aus dem Dunkel gezeigt hat.«

»Deirdre?!«

»Du kennst Deirdre, Laris. Wundert es dich, daß ihre Stimme zu mir gesprochen hat?«

Laris schaute sie nur mit einem seltsamen Blick an und sagte nichts. Aber in dieser Nacht legte er seinen Kopf auf Machas Bauch. Sie kringelte sich eine seiner weichen Locken um ihre Finger.

»Mögen die Götter dich und unser Kind beschützen.« Er seufzte. »Was wird es sein? Ein Junge? Oder ein Mädchen?«

Sie versuchten sich vorzustellen, wie das Kind wohl aussehen werde. Mit grünen Augen, wie Macha? Oder dunkel wie Thana? Klein und krummbeinig wie Lethe oder groß und aufrecht wie Amiel? Stämmig wie Tiot?

»Welch ein Tag«, murmelte Laris vor dem Einschlafen. »Welch ein Tag – mit einer guten und einer schlechten Nachricht.«

O ja. Eine gute Nachricht, fand Macha, habe auch ihren Preis.

»Ruma«, sagte sie am anderen Morgen beiläufig. »Laris, du hast mir gesagt, daß dieser Autu dort zu finden sei. Werden wir dorthin fahren? Du hast es mir versprochen. Wir können nicht mehr allzulange warten. Später, mit dem Kind, wird die Reise mühsam.«

Laris gähnte. »Jetzt nicht, bei diesem Wetter«, murmelte er. »Macha, du bist starrköpfig. Du, vor allem du, kannst jetzt nicht reisen. Die Straßen sind naß und glitschig. Warte, bis es wärmer wird.«

Macha schickte sich drein. Laris hatte wohl recht. Irgendwann würde sie ihren Willen durchsetzen.

Es wurde tatsächlich bald wärmer. Die Stare waren schon in den Norden aufgebrochen – von Machas Grüßen begleitet –, als der Frühling mit außergewöhnlicher Heftigkeit ins Land zog. Am Morgen der Tagundnachtgleiche wurden die Bewohner Caisras von einem Unwetter überrascht, bei dem es Milch vom Himmel regnete. Bald darauf brach ein heißer Wind über den Küstenstrich herein, warf die Wogen gegen das Ufer und trieb die Menschen in ihre Häuser. Doch nicht genug! In jener Nacht, als die Heckenrosen erblühten, standen zwei Monde am Himmel, ein blutroter und ein nebelblasser. Am andern Morgen mußten in jedem Hinterhof, an jedem Wegsaum die Rosenzweige sofort geschnitten und verbrannt werden, denn sie waren gefürchtete Boten der Unterwelt. Der beißende Qualm der Mottfeuer zog über das Land und trieb den Leuten die Tränen in die Augen.

Man war beunruhigt. Was bedeuteten die Zeichen des Himmels? Die Priester beobachteten die Vögel und befragten die Gestirne, vergeblich nach einer tröstenden Antwort suchend. Doch die Kunde war immer nur dieselbe: Alles deutete auf ein kommendes Unheil, und man erinnerte sich wieder des Wetterleuchtens damals im Spätherbst.

In fieberhafter Eile ließ der Lauchme drei Widder opfern. Lange betrachtete der Augur, ein großer, hagerer Mann mit einer spitzen Mütze, die frisch herausgeschnittenen Lebern, suchte in den glatten, dunkel glänzenden Flächen und Falten nach einem Zeichen, nach einem Omen. Dann wurde das Blut der Tiere in alle Himmelsrichtungen gegossen. Aber sogar das ging schief. Als der

Augur das Blut nach Süden warf, fegte ein Windstoß über den Platz und peitschte die Blutstropfen dem Lauchme ins Gesicht. Die Menge, die zuschaute, schrie auf. Das war zuviel!

Der Priester streckte die Hände gegen den Himmel.

»Ihr Götter!« rief er. »Was ist euer Wille? Weshalb gebt ihr uns keine Antwort!?«

Noch nie war vor den Altären mit den kleinen Götterstatuetten in den Häusern so viel gebetet und geopfert worden. Tanchvil legte von jeder Speise, die aufgetragen wurde, sorgfältig einen Teil auf eine silberne Platte. Sie stellte sie eigenhändig abends vor den Altar und räumte sie am Morgen wieder weg. Mit Nachdruck versicherte sie sich, daß die übriggebliebenen Getreidevorräte vom vorigen Jahr verbrannt und die leeren Weinfässer mit Schwämmen und Salzlauge gereinigt worden waren.

In Macha lösten die Ereignisse eine seltsame Unruhe aus. Wenn sie das alles auch nicht recht verstand, so nistete sich doch die Schwere, die fast greifbar über der Stadt hing, hinter ihren Schläfen ein. Was hatte das alles zu bedeuten? Besorgt strich sie sich über ihren Bauch.

Da traf um die Mitte des Monats Cabreas die Nachricht vom Tod des reichen Cneve ein. Aber niemand im Haus war traurig darüber, im Gegenteil. In dieser angespannten Stimmung war die Neuigkeit wie eine Erlösung.

»Das gibt großartige Leichenspiele«, sagte Ximantre, »das dürfen wir uns nicht entgehen lassen. Cneve will sich sicher anständig von der Welt verabschieden. Ich frage mich, was der alte Geizhals wohl an Preisen zur Verfügung stellen wird.«

Tatsächlich wurden Spiele angesagt, sie begannen am Tag des Begräbnisses und sollten drei Tage dauern, und so pilgerte man zum Kampfplatz unten in der Ebene, zu Fuß, mit dem Wagen, wonach einem gerade die Lust stand.

An diesem Morgen hatte Macha zum ersten Mal die Bewegungen des Kindes wahrgenommen, ein feines Pochen an der Bauchwand. Sie war zusehends runder geworden, was von den Hausbewohnern mit unterschiedlichen Bemerkungen kommentiert wurde.

»Du bist ein Dickbauch«, sagte Lethe und schüttelte mißbilligend den Kopf. »Iß doch nicht so viel, Macha, so gefällst du mir nicht!«

Tanchvil hingegen fand, sie müsse mehr essen, und Thana kicherte und sagte: »Das Schilfrohr hat ein Vogelnest gekriegt«, während Ximantre hin und wieder die Lippen schürzte und meinte: »Ja, ja, der Laris, der hat es gut.«

Matuna sagte nichts, aber Macha spürte die neidvollen Blicke von Laris' Schwester auf ihrem Bauch ruhen.

Und Aule? Das Kind schaute Macha seit der Geschichte mit den Haaren nicht mehr an, es tat, als ob sie nicht existierte. Mußte es ihr ausweichen, dann trat es zur Seite, als ob ihm ein Möbelstück oder ein Baum im Weg stehe. Als sie an diesem Morgen den Wagen bestiegen und sich Macha zufällig neben Aule setzen mußte, rückte das Kind nicht weg, sondern blieb sitzen, machte den Rücken steif und lächelte vor sich hin. Aber Macha glaubte, hin und wieder zu bemerken, daß sein Blick schuldbewußt wegglitt, wenn sie es anschaute.

Ein warmer Wind strich über die Felder, die blütenschweren Äste der Kirschbäume neigten sich leise auf und nieder. Die Olivenbäume glänzten silbern in der roten, fruchtbaren Erde, schwer hingen die Bäume von Blüten, grün und hell standen die Weinstöcke an den Hängen und versprachen eine reiche Ernte.

Bald bogen sie in die Straße zum Festplatz ein. An der Seite der runden, mit Sand ausgestreuten Kampfarena waren Holzgerüste aufgebaut, wo die Zuschauer sitzen konnten. Am Morgen maßen sich die Athleten im Ringkampf, Pferderennen, Wagenrennen und Diskuswerfen.

Macha schaute dem Treiben amüsiert zu. Die splitternackten, vom Öl glänzenden jugendlichen Körper der Wettkämpfer boten einen seltsamen Kontrast zu den in bunte Kleider und Mäntel gehüllten Männern und Frauen, die oben auf der Tribüne saßen und das Kampfgeschehen lauthals kommentierten.

Laris, Macha und Lethe schlenderten über das Gelände, plauderten hier mit Freunden, schauten dort einem Zweikampf zu und aßen von den gebratenen Würsten, die an einem Stand feilgeboten wurden.

Einmal begegnete ihnen Tullia. Macha zuckte zusammen, aber da faßte Laris sie am Arm und zog sie schnell zur Seite, und Macha streckte das Kinn nach vorn und schaute nicht links und rechts. Die schöne Tullia wandte den Kopf weg und tat, als bemerke sie niemanden, aber Macha spürte ihre Blicke im Nacken.

Bei einem Baum hatte sich eine Traube von Menschen gebildet. Die drei blieben stehen und reckten die Köpfe. Was Macha da sah, war unglaublich. Dort stand ein Bär. Sie zuckte zusammen. Ein Bär!

Er trug einen eisernen Nasenring, an dem eine Kette baumelte. Das andere, lose Ende hielt ein Mann in der Hand. Er redete leise auf den Bären ein und zog die Kette straff, gab dem Jungen mit der Flöte, der daneben stand, ein Zeichen. Da setzte der Knabe seinen Aulus an den Mund und spielte eine seltsame Melodie.

Der Bär hob seine Pranken und begann sich im Kreis zu drehen. Wenn der Junge die Musik einen Moment unterbrach, blieb das Tier stehen und kehrte sich dann auf die andere Seite. Die Leute johlten und klatschten. Das schien dem Bär zu gefallen, er drehte sich schwankend hierhin und dorthin und wackelte dabei mit dem Kopf.

Macha schaute mit offenem Mund zu. Was da geschah, war für sie vollkommen unbegreiflich.

»Wie machen die das?« fragte sie.

»Sie fangen eine Bärin mit einem Jungen«, sagte Laris. »Die Mutter töten sie, das Junge wird aufgezogen, und weil es zahm ist, können sie es dressieren. Sie lassen es über glühende Kohle gehen, daß es tanzen muß, und spielen dazu die Musik. Später tanzt es auch, wenn es die Flötentöne hört – so einfach ist das.«

Macha schüttelte den Kopf. Wozu sollte das gut sein? »Und weshalb tun sie das?«

Sie konnte ihren Blick nicht abwenden von dem Tier, das sich dort in grotesker Weise um sich selbst drehte. Laris zuckte mit den Schultern, zog Macha weiter, zu einer anderen Menschengruppe, die sich um ein Holzpodest geschart hatte. Dort wurde eine Zwergin zur Schau gestellt, und nebenan sah Macha mit Entsetzen ein Kalb, das hatte zwei Köpfe und sechs Beine.

Plötzlich war ein großes Geschrei zu hören, alle wandten sich um und strömten zur Arena.

»Was gibt es denn jetzt?« fragte Macha.

»Den krönenden Abschluß des Tages«, sagte Laris, »das Phersu-Spiel. Komm!« Und er nahm sie bei der Hand.

Macha zog Lethe hinter sich her, die müde war und durstig. Auf der Tribüne gab es keinen Platz mehr, und so mischten sie sich in die Menge der Leute, die sich vor dem Holzaufbau drängte.

Das Schauspiel hatte schon begonnen. Macha verstand erst nicht, was sich da abspielte. In der Mitte des Sandrundes stand ein Mann. Er war halbnackt, sein Kopf war in ein Sacktuch eingewickelt. In der einen Hand hielt er eine Holzkeule. Etwas abseits stand eine seltsame Figur, ein Mann jedenfalls, wie Macha erkennen konnte. Er trug eine rote Jacke, die mit vielen kleinen Stoffetzen benäht war. Sein Gesicht war unter einer grotesken Ledermaske mit einer langen Nase versteckt, und auf dem Kopf trug er eine Art Zipfelmütze mit seitlichen Flügeln.

Macha schüttelte den Kopf. »Was ist das, was tun die?«

»Das Phersu-Spiel. Wart ab, du wirst es gleich sehen.«

10. Kapitel

Ein Knabe führte an einer zusammengerafften Leine einen Hund heran. Die Lefzen hingen dem Tier über den Unterkiefer, die blutrünstigen Augen quollen aus ihren Höhlen. Der Junge legte dem Mann mit der Flickenjacke das Ende der Leine in die Hand und entfernte sich. Der Maskierte schrie etwas und ließ die Leine locker. Da stürzte sich das Tier auf den halbnackten Mann und schlug seine scharfen Zähne in den Oberschenkel des Opfers. Die Menge heulte auf.

Erschreckt wandte sich Macha zu Laris.

»Du mußt kein Mitleid haben mit ihm«, sagte er. »Der Mann ist ein Frevler. Er wurde zum Tode verurteilt und bekommt jetzt seine gerechte Strafe. Ein Spiel – es ist nicht mehr als ein Spiel.«

Mit Entsetzen sah Macha, wie sich das rasende Tier auf den gequälten Menschen warf, dessen Schreie von denjenigen der Zuschauer übertönt wurden. Immer und immer wieder schlug der Hund seine Zähne in das Fleisch, riß dem Mann ein Stück vom Bein, ein Stück vom Arm weg. Der Mann versuchte, mit der Keule auf den Hund loszuschlagen, aber weil er nichts sehen konnte, trafen seine Hiebe nur Luft. Unterdessen trieb die bizarre Gestalt des Phersu den Hund mit Rufen und Peitschenhieben an. Seine Worte hallten seltsam unter der Ledermaske hervor. Bald wälzte sich der geschundene, von Blut überströmte Körper im Sand, den Hund über sich.

Macha wandte sich um, zwängte sich zwischen den Reihen der Gaffer hindurch und eilte von der Tribüne weg, zur Straße hinunter. Zitternd lehnte sie sich an einen Wagen, der etwas abseits neben einem Baum stand. Aus der Ferne hörte sie die Schreie der Zuschauer.

Ein Spiel. Ein Spiel hatte Laris das genannt, und ohne mit der Wimper zu zucken hatte er zugeschaut, wie der Mann zu Tode gerissen wurde. Ein Spiel! Das war unglaublich. Dieses grauenhafte Geschehen sollte ein Spiel sein! Und zudem – er hatte ihr zugemutet, sich das anzuschauen, ihr, die sein Kind trug, wo man doch in diesem Zustand jeden schrecklichen Anblick vermeiden mußte!

Macha schüttelte sich, und dann begann sie zu marschieren. Sie wollte zu Fuß nach Hause, niemals hätte sie jetzt Laris in die Augen schauen mögen. Wie konnte er nur! Weshalb gefiel es den Menschen, sich solche Dinge anzusehen?

Die Menge auf der Tribüne heulte auf – wahrscheinlich war der Mann jetzt tot.

Macha begann zu rennen. Sie schlug den Weg ein, den sie mit dem Wagen gekommen waren. Tränen liefen ihr über die Wangen, sie stolperte halbblind auf der Straße einher.

Immer wieder sagte sie laut »Ein Spiel! Ein Spiel!« vor sich hin, und sie hörte es nicht, als ein Wagen neben ihr hielt.

Zwei starke Hände packten sie von hinten und hoben sie auf die Bank neben den Wagenlenker.

»Du sollst mir nicht davonlaufen! Hörst du?!«

Laris sagte es nicht zu ihr, er schrie es in den Himmel hinauf, in dem rosa Wölkchen bewegungslos standen.

»Ihr Götter!« brüllte er. »Wann wird sie das endlich verstehen?«

Lethe schluchzte und schob ihre kleine Faust in Machas Hand.

Macha beachtete Laris nicht. Mit erhobenem Kopf saß sie auf dem Wagen, blickte geradeaus, dorthin, wo jetzt die Zypressen auftauchten, und sagte kein Wort. Sie schwieg, als sie auf den Platz vor dem Haus fuhren, sie schwieg, als Brot, Käse und Früchte aufgetischt wurden, und sie schwieg, als ein Sklave die Flammen der Öllämpchen ausblies.

»Gut«, sagte Laris. »Gut. Wenn du nicht mehr mit mir reden willst – meinetwegen! Aber könntest du mir um alles in der Welt wenigstens erklären, was los ist? Hab ich dir etwas zuleide getan? War ich unhöflich, ungeduldig oder grausam zu dir?«

Er bekam keine Antwort.

»Macha, so sag doch etwas!«

Sie regte sich nicht. Wie sollte sie Laris erklären, daß ihr Herz zerrissen war? Welche Worte konnten das ausdrücken, was sie nicht verstand? Sie mußte lange darüber nachdenken; es war ja nicht nur das Spiel, das sie aus der Fassung gebracht hatte. Es gab da auch anderes. Diese Rasna, sie konnten die wunderbarsten Dinge schaffen – Schiffe mit Segeln und Tempel so hoch wie Bäume, geschmückte Häuser, Geschirr aus Silber und Stoffe weich wie Entenflaum, Schmuck aus feinsten Goldplättchen und Figuren, die genau den Menschen abgeschaut waren, nicht zu reden von den bemalten Gefäßen. Wie kam es, daß diesen Rasna, die das Vollkommene liebten und die sich Tag für Tag mit Schönheit umgaben, wie kam es, daß ihnen solche Grausamkeiten gefielen?

Am nächsten Morgen setzte sie sich auf den Korbsessel vor dem Haus und horchte in sich hinein, suchte nach der Antwort auf die Frage, weshalb ihr von alldem so bang wurde. Das Dunkle in Laris, dem doch die Heiterkeit in die Augen geschrieben stand... Es hatte mit der Göttin in Pyrgi und mit Aules Anmut zu tun, mit den Zeichen am Himmel und dem nach Moder und Erde riechenden Tuffstein, mit den hohen Zypressen und Thanas vielsagender Gestik, und mit Tanchvils kleinen Figuren auf dem Altar... ja, all das war ein Teil ihrer Angst. Macha ahnte, daß das, was Laris damals auf dem Hohenberg über sein Volk und die Götter der Rasna gesprochen hatte, daß all die wunderbaren Reden nur die halbe Wahrheit gewesen waren.

Macha konnte ihre Angst nicht benennen, sie fand einfach keine Worte dafür, und so verwies sie die bedrohliche Ahnung in den hintersten Winkel ihres Herzens – dort war sie am besten aufgehoben.

Sie wagte nicht, mit Laris darüber zu sprechen. Als Macha nach zwei Tagen Laris freundlich Antwort auf eine Frage gab, schaute er sie erstaunt an.

»O wie gut!« rief er. »Dann kannst du also wieder sprechen – Mädchen-ohne-Namen!«

Macha kicherte. »Das kennen wir doch von irgendwoher, nicht wahr? Ich war dumm«, flüsterte sie, »es tut mir leid. Ich weiß nicht, was in mich gefahren war. Ich heiße übrigens Macha«, und sie küßte ihn auf die Wange.

Laris schaute sie fragend und ein bißchen spöttisch an.

Aber nachts konnte Macha oft lange nicht einschlafen, hielt das Säckchen mit Deirdres Stein fest umklammert. Sie sehnte sich dann nach der Klarheit des Himmels über ihrem See, dort, jenseits der Berge, nach der Ruhe am Herdfeuer, nach den Tagen, an denen man schon frühmorgens, wenn die Sonne aufging, wußte, wie sie enden würden. Hätte sie ihren Kummer doch mit jemandem teilen können! Mit Danuth ... ja, Danuth hätte sicher verstanden, was sie meinte.

Ruma, dachte sie. Ich will endlich dorthin.

Sie horchte auf die Bewegungen in ihrem Bauch. Wenn sich das feine Pochen ankündigte, dann fragte sie sich mit klopfendem Herzen, ob sich dieses unbekannte Dunkle in ihrem Kind wohl wiederfinden würde? Wenn es schön wie Aule sein würde?

Aule ... Macha war mit Tanchvil und dem Kind nach Pyrgi gefahren. Sie hatte endlich ihren Zopf im Tempel geopfert, und Tanchvil wollte die Priester der Göttin über Aules Schicksal befragen. Zu Machas Verwunderung waren sie ohne das Kind zurück nach Caisra gefahren, und Thana erklärte Macha später hinter vorgehaltener Hand, daß Aule im Heiligtum geblieben und in den Dienst der Göttin getreten war. Der Priester habe ihm mit zwei schnellen Messerstreichen das Gesicht entstellt, um den Neid der Götter auf seine Schönheit zu besänftigen. Macha war einen Augenblick lang wie gelähmt. Dieses wunderschöne Kind! Wie konnte man nur! Aber eigentlich paßte das zu all den anderen Unsäglichkeiten. Und wenn sie ehrlich sein wollte, dann war sie fast erleichtert über diesen Ausgang – die Anwesenheit des Kindes war für sie beinahe unerträglich geworden. Jetzt erst fühlte sie sich richtig aufgehoben, jetzt erst war sie hier wirklich in Sicherheit. Aber wann immer sie an Aule dachte, dann schlich sich in ihre Erleichterung das Gefühl des Mitleids.

Hin und wieder kam Laris auf Felsina zu sprechen, und Macha bemerkte eine Unruhe in seiner Stimme. Dabei war es Laris selbst gewesen, der beschlossen hatte, daß sie in Caisra bleiben sollten, bis das Kind geboren war, denn hier, in Tanchvils Haus, war Macha besser aufgehoben und alles viel bequemer. Das kam Macha mehr als gelegen. Mit dem Wissen, wieder in diese sichere Geborgenheit zurückkehren zu können, trieb sie jetzt ihr Vorhaben zielstrebig voran: Sie lag Laris in den Ohren, man möge doch endlich nach Ruma fahren.

»Ja, ja, Ruma«, sagte er. »Sei nicht so ungeduldig! Ruma steht noch lange! Tarquinius sorgt dafür, da kannst du sicher sein!«

»Tarquinius?« fragte Macha. »Wer ist denn das schon wieder?«

»Er ist der Lauchme von Ruma, aus dem Königshaus der Tarchuner. Ein Despot, wenn du mich fragst.« Laris schürzte die Lippen. »Er knechtet das Volk und läßt Willkür walten. Aber die Werke der Tarchuner! Eine Rennbahn hat Tarquinius bauen lassen, und die Kanäle, die unter der Stadt liegen, sind angeblich so hoch und so breit, daß ein beladener Heuwagen hindurchfahren kann. Die Sümpfe zwischen den Hügeln wurden vor langer Zeit trockengelegt, vorher, sagt man, konnte man dort vor lauter Mücken den Himmel nicht mehr sehen. Und das letzte Mal, als ich in Ruma war, vor zwei, drei Jahren, wurde gerade mit dem Bau eines neuen Tempels begonnen. Er soll mit unglaublichen Figuren geschmückt sein. Wir werden es schon sehen.«

Macha staunte, und ihre Neugier und ihre Ungeduld

wuchsen von Tag zu Tag. Doch wieder vergingen Wochen, ohne daß etwas geschah. Dann, endlich, verkündete Laris eines Abends, man werde bald fahren. Der Zeitpunkt sei gut, er habe Auskünfte erhalten von seinem Freund in Ruma, einem Anhänger des Königs. Er werde ihn wegen wichtiger Geschäfte treffen.

Laris schickte einen Boten in die Stadt mit der Nachricht, daß er in der Herberge des Velches nahe der Stadtmauer Quartier nehmen werde.

Ob Macha denn wirklich mitkommen wolle, in ihrem Zustand? Was für eine Frage! Gab es da überhaupt etwas zu besprechen? Sie freute sich wie ein kleines Kind auf die Reise. Sie würden ja nur sechs, sieben Tage wegbleiben. Vielleicht könnte Thana sie sogar begleiten?

Aber Tanchvil schüttelte energisch den Kopf. Sie mißbilligte das ganze Vorhaben entschieden.

»Ihr seid verrückt!« rief sie. »Macha sollte jetzt nicht reisen! Und Thana schon gar nicht, sie hustet wieder ganze Nächte hindurch, habt ihr es nicht gehört?«

Laris blieb gelassen. »Hör auf, Mutter. Du kennst Macha. Wenn sie sich etwas in den Kopf gesetzt hat, dann läßt sie sich nicht so leicht davon abbringen. Mach dir keine Sorgen. Wir sind bald wieder zu Hause.«

Thana hatte selbst keine Lust mitzufahren. »Ich fühle mich nicht gut«, sagte sie matt. »Es ist besser, ich bleibe hier.«

Am Abend vor der Abreise war Macha aufgeregt. Unruhig wälzte sie sich hin und her, und als sie endlich eindöste, konnte sie den Schlaf nicht willkommen heißen. Eigenartige Bilder drängten sich aus den nachtschwarzen Winkeln in ihr Blickfeld. Sie sah, nur ganz schemenhaft, verängstigte Menschen, die in einem wirren Durcheinander umhereilten und etwas zu suchen schienen.

›Wo ist sie?‹ schienen sie in stummem Aufruhr zu fragen.

Sie, die die Leute suchten, hockte am Rand des Geschehens und schaute dem Treiben bewegungslos zu. Sie hatte die Vorderpfoten in die Erde gestemmt, die Zunge hing ihr aus dem Maul. Im Schein eines eigenartigen Lichtes glänzten die scharfen Zähne, das Fell hatte einen goldenen Schimmer. Das Licht ging von zwei Monden aus – von einem blutroten und einem nebelblassen. Sie waren übereinandergeschoben und unscharf in ihren Umrissen.

»Wo ist sie, wo ist die Wölfin?!« riefen die Leute und sahen sie nicht.

Am Morgen erwachte Macha mit schweren Gliedern. Die Bilder hatte sie vergessen, ja sie erinnerte sich nicht einmal daran, geträumt zu haben.

Sie packte ihr kleines Bündel – einen wollenen Umhang, ihre Büchse mit den Schminkutensilien, ihren Spiegel. Den Kamm, den sie von Thana bekommen hatte, ließ sie in ihrer Schmuckschatulle zurück. Ihre Ohrgehänge? Ja, die wollte sie tragen, denn es war ihr danach zumute, an diesem wunderbaren Morgen.

Lethe war gar nicht unglücklich über ihre Abreise. So konnte sie Arim einige Tage für sich allein haben.

Tanchvil half Macha seufzend und mit vorwurfsvollen Blicken, auf den Wagen zu steigen. Bevor sie hinter der Hofmauer verschwanden, drehte sich Macha noch einmal um und sah Thana, die dort stand und winkte. Ihr bleiches Gesicht schien sich im hellen Morgenlicht aufzulösen.

Sie fuhren einen ganzen Tag nach Osten. Aber Laris hatte immer gesagt, daß Ruma im Süden von Caisra liege.

»Wir fahren Umwege«, sagte Macha. »Das versteh ich nicht.«

»Die Straße führt von Caisra nach Osten, nach Veii. Erst dort zweigt sie nach Süden ab, nach Ruma und dann weiter südlich zu unseren Städten in Campanien. Nicht alle Straßen führen nach Ruma!« Er lachte.

Die Stadt Veii lag auf einem langgezogenen Plateau, das auf allen Seiten abfiel. Nur mit Mühe erklommen die Pferde die steile Straße, die zu dem Stadttor auf der Südseite hinaufführte. Schon von weitem sahen sie einen Tempel, dessen Dach mit menschengroßen bunten Figuren geschmückt war. Macha glaubte, eine Frau mit einem Kind im Arm und eine Hirschkuh zu erkennen.

Der Wirt der Herberge, wo sie übernachteten, ein dicker, schweratmender Mann, verging fast vor Stolz.

»Hast du gesehen, Fremder?« fragte er Laris. »Unser Tempel ist fertig gebaut. Gibt es im Umkreis von hundert Meilen etwas Schöneres? Hast du die Figuren auf dem Dach gesehen? Vulca hat sie gemacht, die Götter mögen seinen Namen segnen! Er ist ein großer Künstler, was denkst du, he?«

Sein aufgeschwemmtes Gesicht glänzte vor Freude. »Er soll, hört man neuerdings, auch eine neue Figur für den Tempel auf dem Tarpejus in Ruma geschaffen haben. Die Priester haben der Stadt, die dieses Kunstwerk erhält, ewigen Ruhm prophezeit. Erst kürzlich wurde der neue Tempel geweiht.«

Laris nickte gähnend. Vulca von Veii? Ja, er habe den Namen auch schon gehört. Aber Macha hatte mit offenem Mund zugehört. Ihre Neugier auf diese Stadt war grenzenlos.

Von der Herberge aus konnte man über die weite Ebene blicken, auf der Rinder und Schafherden grasten. Ruma lag irgendwo dort, wo sich die sanften Hügel und pinienbestandenen Flußauen im Dunst verloren. Beim Einschlafen hörte Macha aus einem benachbarten Haus Musikklänge. Ein Instrument schlug den harten Rhythmus – Ruma, Ruma, Ruma klang es in ihren Ohren, ruhelos wälzte sie sich auf dem Strohsack. Der Kampf gegen das Ungeziefer war ebenso vergeblich wie der verzweifelte Versuch, endlich einzuschlafen. Schon bald biß und kratzte es Macha am ganzen Körper.

Mißmutig schüttelte sie am Morgen ihre Kleider aus. Aber Laris war gut gelaunt, als sie in der Frühe aufbrachen, das Pferd war ausgeruht und frisch gefüttert, und so erreichten sie schon gegen Mittag die große Tiberschleife, die sie in einem weiten Bogen umfuhren. Breite Flußschiffe schoben sich gemächlich Richtung Süden. Der Wagen fuhr an Hütten und kleinen Höfen vorbei, wandte sich vom Wasserlauf ab. Bald verengte sich die Straße, sie fuhren in einer Talsohle, die auf beiden Seiten von einer Anhöhe flankiert war. Es ging schon gegen Abend zu, da überquerten sie den Fluß auf einer Holzbrücke, und nach einer Wegbiegung tauchte vor ihnen die Stadtmauer aus mächtigen Steinquadern auf.

»Hier sind wir«, sagte Laris, »das ist das Catularia-Tor.«

Die beiden Flügel des mächtigen Holztores standen offen, der Wagen fuhr rumpelnd über eine Brücke, die über den vor der Mauer liegenden Graben führte. Zwei Wachen stellten sich mit vorgehaltener Lanze mitten in den Weg.

»Wer bist du? Wohin geht ihr? Was ist euer Ansinnen?« rief einer.

Der Mann sprach seltsam, die Betonung der Worte war anders als bei Laris.

»Ich bin Laris, Sohn der Tanchvil Veltsichna, aus Caisra, Händler zwischen Tuskien und Felsina und unstet wie der

Wind! Ich komme nach Ruma in geschäftlicher Absicht. Mein flüchtiger Wohnsitz wird das Haus des Velches Elanthre, Schützling des Lauchme, im Quartier Palatina sein. Das ist Macha, meine Gefährtin!«

Die beiden Wachen flüsterten miteinander. Dann traten sie zur Seite und ließen den Wagen mit einem Kopfnicken passieren. Laris schaute sich noch einmal um und schüttelte den Kopf.

»Was die bloß haben . . .« sagte er. »Das ist das erste Mal, daß man mich hier so genau nach dem Woher und dem Wohin fragt.«

Links und rechts der Straße gab es jetzt Häuser, mancherorts war man am Bauen. Nach einer Wegbiegung öffnete sich die Stadt vor ihnen. Macha verschlug es fast den Atem.

Genau gegenüber war ein Hügel, auf dessen Kuppe ein Tempel stand. Die Fassade, sicher hundertfünfzig Fuß breit, wurde von sechs Säulen gebildet. Der Giebel über der Säulenfront war mit bunten Terrakotten geschmückt. Aber was Macha vollends aus der Fassung brachte, war die Figur, die zuoberst auf der Spitze des Giebels stand.

Sie schaute Laris mit großen Augen an. Der hatte inzwischen den Wagen angehalten. Völlig entrückt blickte er hinauf zum Tempel.

»Jetzt schau dir das an.« Er schüttelte ungläubig den Kopf. »Schau dir das an. Hast du jemals etwas Ähnliches erblickt? Das ist der größte Tempel, den ich je auf tuskischem Boden gesehen habe. Komm«, sagte er und nahm sie bei der Hand. »Das müssen wir uns genauer anschauen.«

Sie überquerten den Platz und näherten sich dem Hügel. Eine breite Treppe führte hinauf. Die Figur auf dem Dach glänzte im Abendlicht in roten und braunen und blauen Farbtönen. Konnte man das beschreiben? Es waren vier Pferde, wohl fast in Lebensgröße, den Kopf mit geblähten Nüstern in die Luft geworfen. Ihre Vorderhufe hoben sich über den Firstbalken, als ob sie im nächsten Augenblick über den Dachrand hinausgaloppieren wollten. Hinter den Pferden stand ein Mann auf einem Wagen. In beiden Händen hielt er die Zügel, die über die Pferderücken nach vorne zu den Gebißstangen liefen. Sein Kleid fiel in unzähligen Falten bis über die Oberschenkel, auf dem Kopf trug er eine blaue Mütze.

»Vulca von Veii«, flüsterte Laris ehrfürchtig, »das muß sein neues Kunstwerk sein. Götter, sagt mir, wie man von Menschenhand so etwas Wunderbares schaffen kann? Gibt es einen begnadeteren Künstler unter der Sonne? Bei Tinia, Tarquinius läßt sich seine Stadt etwas kosten! Der Wirt in Veii hatte recht«, sagte er. »Die Stadt, die ein solches Kunstwerk ihr eigen nennt, hat Anspruch auf ewiges Leben. Was meinst du? Ich habe nicht übertrieben mit dem, was ich dir über Ruma erzählt habe, oder?«

Lange standen sie dort und betrachteten den Tempel. Dann gingen sie über den gepflasterten Platz zurück zum Wagen.

Macha konnte ihre Augen fast nicht von dem Tempel abwenden.

»Wie hat er das nur gemacht?« fragte sie. »Wie ist so etwas möglich?«

»Frag mich nicht! Ich weiß nur, daß die Figuren aus Ton gemacht und innen hohl sind.«

Als der Wagen weiterfuhr, wandte sich Macha noch einmal um. Der Tempel war jetzt von der Seite zu sehen, die, wie die Front, von Säulen umgeben war. Unmittelbar neben dem Tempel stand ein Steinsockel, auf dem sich eine Figur erhob. Ihre Oberfläche glänzte golden und funkelte im Gegenlicht. Trotz der Entfernung konnte Macha erkennen, daß es ein Tier war, lebensgroß und in Bronze gegossen, und als sie unmittelbar am Fuß des Hügels vorbeifuhren, sah sie, daß es eine Wölfin war.

Das Tier stand dort, den Kopf leicht zur Seite gedreht, das Maul halb geöffnet, die Zitzen schwer und voll. Es sah aus, als ob es sich nach etwas umschaue, als ob es Gefahr wittere.

Das Bild irritierte Macha, doch sie wußte nicht weshalb. Sie fuhren jetzt durch ein Quartier aus lauter Wohnhäusern. Die Straße wurde enger, es stank nach Unrat. Ziegen und Schafe grasten zwischen den Häusern.

Bald hielt der Wagen. In Machas Kopf drehte sich alles.

»Warte«, sagte Laris, »ich bin gleich zurück.«

Er sprang vom Wagen und ging in das Haus, das sich direkt neben der Stadtmauer duckte. Der Sklave, der vor dem Eingang mit einem Besen aus Wacholderzweigen den Boden wischte, schaute Laris mißtrauisch nach. Es dauerte lange, bis Laris zurückkam. Er machte ein besorgtes Gesicht.

»Ich weiß nicht, was die hier haben«, sagte er. »Dieser Velches, der ist nervös und hat mich ausgefragt, als ob ich irgendein hergelaufener Schleicher wäre. Ich denke, wir werden nicht lange hierbleiben. Morgen werde ich meinen Freund treffen, und ...«

»Und wir müssen nach diesem Autu fragen«, sagte Macha.

»Ja, ja, das tun wir, gedulde dich.« Er half Macha vom Wagen und zog sie in den düsteren Innenhof.

Da winkte ein Mann, der im Hof auf dem Boden hockte, einen Teller mit einem großen Berg von Kichererbsen auf den Knien, Laris zu sich. Er sagte ihm etwas ins Ohr, fuchtelte dabei wild mit den Händen und machte ein besorgtes Gesicht. Lange tuschelten die beiden miteinander.

Laris war weiß geworden um die Nase. Ohne Macha die Zeit zu lassen, etwas zu fragen, packte er sie an der Hand, zog sie durch den Hof und eilte in die schäbige Kammer, wo sie untergebracht waren.

»Wir fahren morgen weg«, sagte er leise. Seine Hände strichen nervös über die Falten des Umhangs.

»Was?« Macha war entsetzt. »Was soll das, wir ...«

»Sei still, du sollst still sein, schrei nicht so laut.« Laris sprach schnell und leise. »Es gibt Gerüchte in der Stadt, daß der Lauchme gestürzt werden soll. Und Velches ist ein Schützling von König Tarquinius. Ich denke, wir müssen dieses Haus so schnell wie möglich verlassen. Morgen früh – jetzt ist es zu spät. Nach Sonnenuntergang sind die Stadttore geschlossen.«

»Aber wir müssen doch weiter fragen, wegen Danuth, wir müssen diesen Autu finden, das ...«

Laris hob die Hand, als wollte er Macha schlagen, und herrschte sie an. »So sei doch still! Und hör endlich auf mit dieser Danuth! Die Idee, dieses Mädchen zu finden, ist ohnehin unsinnig. Was glaubst du denn? Wo sind wir denn hier? Ich hatte meine Gründe, hierherzukommen, und du die deinen! Aber jetzt ... jetzt geht es um Wichtigeres!«

Machas Augen wurden schmal.

»Um Wichtigeres!« Ihre Stimme überschlug sich. »Genau, es gibt einen Grund, warum ich hierherkommen wollte – ich muß Danuth suchen! Ich habe es bei meinem Namen geschworen. Verstehst du? Was soll da wichtiger sein?«

Laris fuhr sich mit beiden Händen durchs Haar und verdrehte die Augen.

»Ich werde verrückt«, flüsterte er. »Es geht um unser Leben – um das Leben unseres Kindes! Macha«, er nahm ihr Gesicht zwischen seine Hände, »im Namen deiner, meiner und aller Götter, verstehst du das nicht?«

Macha begann zu weinen. »Was ist denn geschehen? Vielleicht stimmen die Gerüchte gar nicht! So wart es doch ab!«

»Der Sohn«, Laris sprach schnell und leise, »der Sohn des Tarquinius soll in einer Nachbarstadt eine Frau unter Todesdrohung geschändet haben, es heißt, die Unglückselige habe sich danach das Leben genommen. Ein Vorwand wohl, um den Lauchme zu stürzen, aber jedenfalls ist eine Verschwörung im Gange. Tarquinius, der in Ardea weilte, soll auf dem Weg nach Ruma sein, aber sie wollen ihn nicht einlassen. Ich habe mich sowieso gewundert, weshalb die Wachen beim Stadttor so mißtrauisch waren!«

Macha nahm den Schmuck von den Ohren, steckte die Gehänge in ihr Säckchen an der Brust und ließ sich auf das Bett fallen. Sie spürte die straff gezogenen Ledergurte schmerzhaft im Rücken. Das Kind bewegte sich.

Die Nacht durchwachten sie. Draußen waren ferne Rufe zu hören, eilende Schritte, die sich in den Straßen verloren. Seltsame Geräusche rieben sich an der Stadtmauer, Fackeln huschten vorbei.

Macha starrte mit brennenden Augen ins Dunkel. Immer wieder kam ihr die Wölfin in den Sinn, und sie wußte, daß sie das Tier schon irgendwo gesehen hatte. Da tauchten plötzlich die Bilder auf und die Schreie, die sie in der Nacht vor der Abreise aus dem Schlaf gerissen hatten. Das Blut stockte ihr in den Adern. Die Wölfin dort oben auf dem Hügel, es war dieselbe, die sie in jener Nacht heimgesucht hatte!

Macha meinte, sie müsse sich das Herz aus dem Leib weinen. Endlich, bei Tagesanbruch, als ein heller Streifen von Licht unter der Tür in die Kammer schlich, faßte sie sich ein Herz.

»Laris«, flüsterte sie, »ich habe sie gesehen, im Traum.«

11. Kapitel

Laris ging ruhelos auf und ab. »Was? Wen hast du gesehen?«

»Die Wölfin. In der Nacht, bevor wir abreisten. Ich habe sie gesehen, im Schein von zwei Monden... Und heute, da war diese Figur, oben auf dem Hügel, es war genau dieselbe Wölfin...«

Sie erzählte ihren Traum. Da griff sich Laris an die Stirn. Das war zuviel.

»Warum hast du mir nicht davon erzählt? Zwei Monde? Und die Wölfin!«

Er mußte sich beherrschen, um nicht zu schreien. »Jeder weiß doch, daß Ruma die Stadt der Wölfin ist und daß die Träume von schwangeren Frauen wahr werden! Wir wären nicht gefahren, bei Tinia, wenn ich das gewußt hätte... Es stimmt alles zusammen! Die drohenden und schrecklichen Himmelszeichen, der Windstoß von Süden, der das Opferblut zerstäubte! Und jetzt dein Traum! Eines fügt sich zum anderen! Und wir sind mitten drin...«

Verzweiflung stand in seinem Gesicht.

Sie warteten die Tageshelle nicht ab. Ohne ein Wort an den Sklaven zu richten, der eben Feuer machte und ihnen erstaunt nachblickte, schlüpften sie aus dem Haus.

Über der Stadt hingen Rauchschwaden, die Dämmerung war nachtgrau und im Osten von kaum zu erahnenden hellen Linien durchbrochen.

Leise traten sie auf den Hof. Laris schickte sich eben an, das Pferd an den Wagen zu schirren, als sich eilende Schritte näherten, Stimmengeflüster war zu hören, Waffen klirrten, dann war es wieder still.

Plötzlich waren fünf Männer da – Macha konnte sich später nicht erinnern, woher sie gekommen waren. Sie stellten sich ihnen mit erhobenen Lanzen in den Weg.

»Was tut ihr hier, im Gasthof des Velches!« rief einer. »Ihr seid Anhänger des Tarquinius!«

Zwei der Männer hatten Laris von hinten gepackt. Er ließ die Zügel fallen, das Pferd trabte davon, den Wagen hinter sich herziehend.

»Nein, so hört doch!« schrie er. »Ich bin Laris, Händler aus Caisra, ich war bei Velches, weil ...«

»Ha! Schweig! Warum stiehlst du dich dann beim Morgengrauen aus der Stadt? Du weißt wohl, daß heute nacht der Lauchme gestürzt wurde? Er wird Ruma nie wieder betreten! Brutus ist unser neuer Führer! Jetzt beginnen andere Zeiten! Leute wie du haben hier nichts mehr zu suchen!«

Der Mann wuchtete Laris die Faust ins Gesicht, der taumelte nach hinten und fiel gegen die Mauer.

Macha wußte nicht, wie ihr geschah. In ihrem Entsetzen schrie sie laut in ihrer Sprache, sie schrie: »Helft, ihr Götter!« und wollte zu Laris eilen. Aber der brüllte: »Lauf weg, Macha, lauf so schnell du kannst! Geh nach Caisra zurück!«

Alles ging sehr schnell. Macha wandte sich um, rannte über den Hof, aber da spürte sie einen Hieb im Nacken. Ihre Knie gaben nach, sie fiel zu Boden und schlug mit der Stirn auf einen Stein. Das Bündel entglitt ihren Händen.

Das Kind, war ihr letzter Gedanke, noch im Fallen. Wenn nur dem Kind nichts passiert.

Dann wurde es dunkel um sie.

Beim Erwachen nahm sie ein seltsames Geräusch wahr, das leise Trippeln von winzigen Füßen, ein Gurren.

»Grrru, grrru«, tönte es.

Das Geräusch kam von oben. Sie öffnete die Augen. Es war halbdunkel. Genau über ihr war ein Muster von feinen, parallelen Lichtstreifen. Sie folgte dem Muster mit den Augen, es setzte sich zur rechten Seite fort und winkelte senkrecht nach unten ab. Dort, wo es aufhörte, standen drei volle Säcke, die gegeneinander lehnten. Eine Ratte huschte vorbei.

Machas Kopf dröhnte. Behutsam fuhr sie sich mit der Hand über die Stirn. Sie war klebrig, der schale Geruch an den Fingern allzu bekannt. Das Trippeln und Gurren hörte auf, Flügelflattern verwischte für einen Augenblick das Lichtmuster, dann war es wieder still.

Das Kind regte sich. Macha glitt mit beiden Händen über ihren Bauch und streichelte ihn dort, wo sie die Bewegung gespürt hatte.

»Sei ruhig, mein Kleines, alles wird gut werden, alles wird gut ...«

In ihrem Herzen machte sich eine Sehnsucht breit, sie dachte an ihren See, an Gwender, an Roine und Tiot. Lange weinte sie still vor sich hin, lange, lange. Draußen waren Stimmen zu hören, eine Tür fiel krachend zu.

Macha drehte sich zur Seite. Das Stroh unter dem Sacktuch stach schmerzhaft in ihre Handfläche. Sie setzte sich auf und rieb ihre wunden Knie. Mit geschlossenen

Augen begann sie, tief zu atmen. Aber mit jedem Atemzug wurde die schreckliche Ahnung, die Erinnerung an das Geschehene zur unabänderlichen Gewißheit: Sie war allein, verletzt, an einem unbekannten Ort.

Nur jetzt nicht den Kopf verlieren. Wo war Laris? Nur nicht an ihn denken jetzt, sie mußte einen klaren Kopf bewahren, nach Caisra zurückgehen, so schnell wie nur möglich. Ihr Bündel? Wo war ihr Bündel? Sie mußte zum Stadttor. Wo war dieses Stadttor? Vielleicht würde sie einen Wagen finden, der sie bis nach Veii mitnahm? Aber womit sollte sie den Lenker bezahlen? Die Ohrgehänge! Sie waren noch hier, im Säckchen. Sie würde diesen Schuppen verlassen und dann das Stadttor suchen.

Sie stand auf und schleppte sich zu der Tür, die sie im Halbdunkel erkennen konnte. Sie war von außen verriegelt.

Ein heißer Strom fuhr Macha durch den Körper. Was um alles in der Welt hatte das zu bedeuten? Wer hielt sie hier gefangen? Verzweifelt rüttelte sie an der Tür und trat gegen das Holz.

Hätte sie das nur nicht getan! Wenige Augenblicke später stieß jemand den Riegel zurück, die Tür wurde mit einem Fußtritt aufgestossen, Tageshelle flutete in den Schuppen. Zwei Männer standen draußen, gegen das Licht nur als dunkle Umrisse zu sehen. Der eine stieß Macha zu Boden, und bevor sie überhaupt begreifen konnte, was geschah, hatte man ihr Hände und Füße gebunden. Sie tobte und fluchte in ihrer Sprache. Aber die Männer lachten nur, zerrten sie aus der Tür.

Eben wollte sie schreien: ›Was ist mit Laris, wo ist er?‹, als sie zu ihrem abgrundtiefen Schrecken den einen der beiden Männer erkannte: es war einer von denen, die sie im Hof von Velches überfallen hatten, der mit den großen, abstehenden Ohren. Wann war das gewesen? Heute? Gestern?

Macha stolperte über einen kleinen Hof, wo ein Ochsenkarren mit einem übergespannten Verdeck aus Zelttuch stand, der Mann hob sie hinein, sie fiel krachend gegen eine Kiste, aus einem kleinen Holzkäfig hörte sie ein Grunzen. Die beiden stiegen vorne auf den Wagen, dann rollte das Gefährt an.

Macha robbte nach hinten und schaute hinaus. Sie waren noch in Ruma, so viel war sicher. Geradeaus, in der Ferne, sah sie den Tarpejus-Hügel mit dem Tempel. Bald bogen sie auf den gepflasterten Platz ein, den sie mit Laris überquert hatte. Laris!

Die Verzweiflung war so groß, daß sie nicht einmal Panik auslöste. Beim Gedanken an Laris ergriff Macha ein Schmerz, der sie lähmte und sie unfähig machte, einen klaren Gedanken zu fassen. Aber gleichzeitig hatte sie das Gefühl, daß ihre Sinne geschärft waren für alles, was um sie herum geschah. Die Stimmen der beiden Männer jedenfalls nahm sie klar und deutlich wahr.

Der mit den großen Ohren lachte. »Das Glück, das wir hatten! Eine aus dem Norden! Hast du gehört, wie die vorhin geredet hat? Was die hier wohl tut?«

Macha kroch wieder ins Wageninnere, nahe zum Bock, um besser zu hören.

Der andere hustete. »Wieso bist du so sicher, daß es nicht eine von uns ist? Sie trägt Rasna-Kleider, und sie war mit diesem Mann zusammen ... Und zudem – sie ist schwanger.«

Es war der jüngere der beiden Männer, Macha erkannte seine Stimme, sie war heller und freundlicher als diejenige des andern. Sie hörte eine Unsicherheit in seinem Tonfall mitschwingen.

»Ihr Glück«, brummte der Dicke, »ihr Glück, daß sie schwanger ist! Sonst könnte einem noch so allerhand anderes einfallen. Sie ist eine kleine Schönheit ...«

Der Wagen rumpelte über Holzbohlen und hielt an. Macha guckte aus einem Schlitz in der Plane nach vorne. Sie waren bei der Stadtmauer angekommen. Im Schmutz neben der Straße lagen zwei Männer mit durchschnittenen Kehlen und verrenkten Gliedern, die Augen starr zum Himmel gerichtet. In der geöffneten Hand des einen lag ein glänzender Dolch, dessen Schneide von braun verkrustetem Blut bedeckt war. Es war nicht so sehr das Bild der beiden Toten als vielmehr die Tatsache, daß solche Dinge offenbar heute nacht geschehen waren, die Machas Atem zu einem dicken zähen Kloß im Hals werden ließ.

Nach einem lautstarken Wortwechsel konnte das Gefährt passieren, Macha sah durch die Öffnung zur rechten Seite Baumstämme und zur linken das Grün des träge dahinziehenden Flusses. Die Strömung kam ihnen entgegen, also fuhren sie nach Norden. Wenigstens das. Geradeaus, genau vor ihrem Auge, war der blaugraue Wollumhang des einen Mannes zu sehen. Die beiden sprachen wieder miteinander, Macha mußte genau hinhören, weil das Schwein neben ihr ständig grunzte. Sie verstand nicht alles, die Männer sprachen seltsam gedehnt und benutzten ab und zu fremde Wendungen.

Wortfetzen kamen von draußen. Die beiden sprachen über eine Stadt, die Clevsin oder so ähnlich hieß, von »verkaufen« war die Rede, und von »der Sache mit dem Kind«. Eine Hand zeigte sich zwischen den Haaren. Mit dem außergewöhnlich langen Nagel seines kleinen Fingers kratzte sich der Mann ausgiebig im Ohr. Spitzfinger, du ekliger, dachte Macha. Du wirst mich nicht unterkriegen ...

Aber da kam ihr plötzlich etwas in den Sinn. Was hatte Tullia damals, beim Gastmahl in Arruns' Haus, gesagt? ›Die Keltinnen kennt man bei uns als Sklaven, nicht als Gespielinnen ...‹

Sie biß sich auf die Lippen und erstickte einen Schrei. Sie mußte nicht mehr lange überlegen, um zu wissen, was das alles bedeutete, sie sah ihr Schicksal durch das kleine Loch in der Zeltplane: Sie war unterwegs, um als Sklavin verkauft zu werden, nach Clevsin, wo immer das auch sein mochte! Sie war ohne Laris und ohne Tanchvil als Fremde schutzlos der Willkür dieser Männer preisgegeben.

Was das »mit dem Kind« heißen sollte, darüber mußte sie eine ganze Weile nachdenken. Doch als ihr in den Sinn kam, daß ihr niemand die Frage nach den Kindern der Sklaven in Caisra beantwortet hatte, da wurde ihr plötzlich schwarz vor den Augen. Sollte das heißen, daß das kein Problem war? Daß man ein Kind leicht loswerden konnte?

Sie schnappte nach Luft, und dann war da nur noch der eine und einzige Gedanke: Sie mußte weg von hier, weg von den beiden Männern, sie mußte sich wegstehlen aus dieser schrecklichen Geschichte, mit der sie überhaupt nichts zu tun hatte. Das war ein Mißverständnis, nicht sie war gemeint, sondern eine andere Frau, eine hellhäutige, rothaarige vielleicht, aber nicht sie, Macha, die Gefährtin von Laris dem Rasna aus dem Haus der Tanchvil Veltsichna!

Sie wußte nicht, was sie jetzt tun sollte. Den beiden klarmachen, daß sie nach Caisra gehörte? Sie beschloß, sich lieber die Zunge abzubeißen, als mit den Männern zu sprechen. Zudem – wenn die Männer glaubten, daß sie kein Wort verstehe, würde sie wohl mehr erfahren aus ihren Gesprächen, und das konnte ihr von Nutzen sein.

Wie gelähmt kauerte sie zwischen den Kisten. Mit zitternden Fingern klaubte sie ihren Stein aus dem Säckchen und hielt ihn in beiden Händen fest. Aber so sehr sie ihn auch zwischen den Handflächen hin und her rollte, der Stein blieb stumm und kalt. Sie rieb ihn an der Wange – Kälte floß in ihre Stirn. Da erschrak Macha. Deirdre gab ihr keine Antwort! Was hatte das zu bedeuten?

Panik überfiel sie. Sie überlegte fieberhaft. Aus dem Wagen springen? Mit dem Kind im Bauch und gebundenen Händen und Füßen? Das war aussichtslos. Je länger sie darüber nachdachte, um so schmerzlicher wurde ihr bewußt, daß sie in einer aussichtslosen Lage war. Nur ein Wunder konnte ihr da noch helfen, ein Wunder – oder der Tod.

Die Zeit, die jetzt kam, war eine einzige Qual. Das Dach der Zeltplane war der Himmel, das Knirschen der Räder die Melodie, die Macha begleiteten. Tagsüber wurde sie durchgeschüttelt auf holprigen Straßen, nachts lag sie schlaflos, zusammengerollt, so gut es mit ihrem Bauch noch ging, die schmerzenden Hände auf dem Rücken gebunden. Laris, Laris, Laris – das Wort war für sie nur ein heller Klang, eine schattendunkle Verzweiflung hinter ihrer Stirn.

Ab und zu stellte der jüngere der beiden Männer einen Napf mit Getreidebrei und einen Becher Wasser hinten auf die Wagenbühne und löste ihr die Fesseln an den Handgelenken. Jedesmal spielte sich das gleiche ab – Macha schob den Napf weg und wandte den Kopf zur Seite. Sie konnte kein Essen anrühren, sie hatte keinen Hunger. Nach einiger Zeit war der Brei unansehnlich, Fliegen setzten sich auf die angetrocknete Kruste und stoben auf, wenn eine Hand den Napf wieder entfernte.

Das Wasser, ja, das trank sie. Wenn sie ihre Notdurft verrichten mußte, zupfte sie mit den Zähnen beim Loch in der Plane. Dann hielt der Wagen, der junge Mann sprang vom Bock, kam nach hinten, löste das Seil an ihren Händen, hob sie vom Wagen und stellte sie auf den Boden, und sie trippelte mit ihren zusammengebundenen Füßen von der Straße weg ins Gebüsch. Immer blieb sie stumm, die Lippen zusammengekniffen, und immer vermied sie den Blick des anderen.

Sie biß die Zähne zusammen. Wie anders hätte sie das alles ertragen können? Ihr Körper schmerzte, alles schmerzte, der Rücken, die Gelenke, sie glaubte, ihre Seiten seien durchgescheuert vom Liegen. Ab und zu fiel sie in einen unruhigen Schlaf, aus dem sie das Grunzen des Schweins, das Holpern des Wagens wieder weckte. Dann hockte sie dort, dumpf vor sich hinbrütend. Nur wenn das Kind sich bewegte, kam in der ganzen Verzweiflung so etwas wie Hoffnung in ihr auf. Sie war nicht allein... Aber gleichzeitig schlich sich diese Angst ein, sie dachte an ihre Schwester Nime und an deren Kind und schickte ein inbrünstiges Stoßgebet zum Himmel, daß ihr ein gesundes Kind und eine rasche Geburt beschieden sein möge.

Wenigstens war das Wetter gut. Die Nächte waren lau, die Straße, die der Wagen hinter sich ließ, war manchmal ins dunkle Schattengrün der Bäume getaucht, dann wieder von blendendem Licht durchflutet. In den Schluchten aus moosbehangenem Tuffstein roch es nach Moder und fließenden Gewässern, schattige Wälder wechselten mit schmal zwischen Olivenhainen ausgelegten Äckern. Das Korn stand schon zwei Fuß hoch und färbte sich gelb, mittendrin leuchteten die roten Tupfen des Klatschmohns. Die tägliche Sonnenbahn verriet Macha, daß sie immerfort nach Norden fuhren.

Zweimal hatten sie Halt gemacht, einmal, so glaubte Macha, in Veii, dann in einer Stadt, die Falerii hieß. Die Kiste mit dem Schwein wurde weggetragen, dafür lud man Säcke und einen Käfig mit drei Goldfasanen. Am Abend des dritten Tages fuhren sie bei Sonnenuntergang durch ein Stadttor.

»Wir übernachten hier, in Volsinii«, sagte der Spitzfinger. »Ich habe Lust auf ein gutes Essen. Und ich kenne hier eine Frau. Du wirst dich um unseren Fahrgast kümmern.« Er lachte.

Macha horchte auf.

»Morgen sind wir wohl dort, oder nicht?« fragte der andere. Der Wagen fuhr an einer Hausfront vorbei und bog dann in ein Geviert. Die mächtige Krone eines Nußbaums überschattete den Hof.

»Ja, ich denke, morgen abend bekommen wir unseren Lohn, ha...«

Morgen... Macha zuckte zusammen. Das hieß, daß sie morgen in Clevsin ankommen würden. Also mußte es heute sein. Heute nacht mußte sie sich aus dieser verzweifelten Lage befreien, und kostete es sie das Leben.

Als der junge Mann ihr an diesem Abend Fladenbrot und ein Stück krümeligen Käse hinlegte, suchte sie seinen Blick, und da entdeckte sie in seinen Augen einen Lichtpunkt, der war warm und freundlich und verlangend. Er ließ in Macha eine winzig kleine Hoffnung aufkeimen. Sie bereute es zutiefst, daß sie ihm nicht schon früher in die Augen geschaut hatte.

Die strichdünne Sichel des Mondes war über der Hofmauer aufgegangen. Der junge Mann hatte sich auf eine Decke neben dem Wagen gelegt und starrte in die Äste, die leise vom Wind bewegt wurden. Macha guckte hinter der Zeltplane hervor. In einem nahen Haus weinte ein Kind.

»Du dort«, rief sie leise auf Rasna.

Der Mann fuhr hoch. »Wie sprichst du mit mir? Junge Frau, du erschreckst mich!«

»Komm näher!«

Er stand auf. Ungläubig starrte er sie an, machte mit der einen Hand ein seltsames Zeichen.

»Wußte ich es doch ...« sagte er. »Was, wer bist du? Ich ...«

»Psst ... Hör mir zu. Ich bin Macha, Gefährtin des Laris aus dem Haus der Tanchvil Veltsichna. Wo ist Laris? Was ist mit ihm geschehen?«

Der andere schaute sie dumm an und schüttelte den Kopf.

»Laris? Wer ist Laris? Ich kenne niemanden, der so heißt.«

»Laris von Caisra. Ich war mit ihm in jener Nacht in Ruma. Wir haben uns verloren.«

»Ich weiß nichts von einem Laris, und es interessiert mich auch nicht, du sollst ...«

»Schweig«, zischte Macha. »Laris steht im Schutz des Lauchme von Caisra. Ich will, daß du mich freiläßt. Die Strafe der Götter wird dir sicher sein, wenn du das nicht tust.«

Der Mann schüttelte den Kopf.

»Der Lauchme von Caisra ...« – er schluckte – »der Lauchme von Caisra ist mir so wichtig wie der Dreck unter meinen Schuhen. Ich bin den neuen Herren in Ruma verpflichtet. Aber, junge Frau, ich habe dich jetzt viele Male angeschaut, und immer hast du den Blick von mir gewendet. Du bist schön. Ich ...«

»Sei still. Ich habe dich nur ein einziges Mal angeschaut,

aber das genügt, um zu wissen, daß du ein gutes Herz hast. Laß mich frei, ich werde dich belohnen.«

»Du mich belohnen? Wie denn?«

»Mach meine Hände los«, flüsterte sie. »Ich zeig dir, was ich dir geben will.«

Sie drehte sich auf den Fersen und streckte die zusammengebundenen Hände über den Wagen.

»Junge Frau ...« Seine Stimme war heiser. »Der andere wird mich umbringen.«

»Was wird dein Lohn sein, wenn ihr mich in Clevsin verkauft, oder wie das auch immer heißt? Ein halber Silberling vielleicht. Ich werde dir mehr geben.«

Sie spürte, wie der Mann an dem Seil rupfte und ihre Hände plötzlich frei waren. Die Handgelenke schmerzten. Sie fuhr mit der Hand unter ihre Bluse und kramte im Säckchen, drehte sich um und hielt dem Mann eines der goldenen Ohrgehänge, auf dem sich das schmale Licht des Mondes brach, vors Gesicht.

»Hier«, sagte sie. »Mehr habe ich nicht.«

Der Mann hatte die Augen aufgerissen. Ungläubig starrte er auf den Goldschmuck.

»Das willst du mir geben?« Er schaute sie mißtrauisch an.

Macha nickte. Sie sah hinter seinen Augen die Gedanken wie aufgehetzte wilde Tiere hin und her rennen. Er zögerte, schaute sie an, streckte den Arm aus – und da wußte sie, daß sie gewonnen hatte.

Sie ließ den Schmuck in seine Handfläche fallen. Er schob ihn zwischen die Zähne und biß ein paarmal prüfend darauf herum, dann spuckte er das Ohrgehänge in ein Tuch, das er hastig unter seinen Gürtel steckte.

Sachte hob er Macha vom Wagen und kniete nieder, um ihr die Fesseln an den Füßen zu lösen.

»Die Götter« – er sprach schnell und leise – »mögen dich und dein Kind beschützen. Bleib im Wagen, du kannst jetzt nicht weg, das Stadttor ist geschlossen. Morgen früh, wenn wir losfahren, wird der Wagen einen Augenblick anhalten, bevor er über die kleine Brücke beim Fluß fährt. Dann spring ab und versteck dich im Schilf, das dort dicht steht. Wenn du nach Caisra willst, so folge der Straße, die nach Norden führt. Sie biegt bald nach Westen ab, umgeht den See in einem großen Bogen. Geh immerzu nach Westen, nicht nach Süden, sonst gerätst du in die Sümpfe. Es gibt dort ein paar Städtchen, Sovana, Aurinia. In fünf, nein, in sechs bis sieben Tagesmärschen in deinem Zustand, wirst du zur Küste gelangen. Frag nach der Hafenstadt Tlamu. Vielleicht findest du ein Schiff, das dich nach Pyrgi mitnehmen kann.«

»Danke«, sagte Macha. »Wie heißt du?« fragte sie noch, bevor sie in den Wagen kletterte. »Ich werde dem Lauchme von Caisra sagen, daß ich in deiner Schuld stehe und daß er dich beschützen soll. Denk daran, falls du Hilfe brauchst.«

Er erhob sich. »Ich bin Velthur aus dem Quartier Suburana in Ruma«, flüsterte er. »Ich werde dich nie vergessen.«

»Danke«, sagte Macha, »ich werde dich auch nie vergessen.«

12. Kapitel

Ja, hoch und dicht stand das Schilf. Macha hatte sich so sanft wie möglich auf den Boden gleiten lassen. Niemand war hier, der sie hätte sehen können. Einen Augenblick später rollte der Wagen über die Brücke und war bald hinter dem Wäldchen verschwunden.

Sie atmete tief durch. Neben ihr am Ufer lag, in ein Tuch geschlagen, das Brot, das Velthur ihr vor der Abfahrt noch verstohlen hingeworfen hatte, als sich ihre Blicke ein letztes Mal begegnet waren.

Macha suchte die Sonne, die sich erst durch einen rosa Schleier am Himmel ankündigte. Auf der entgegengesetzten Seite, bei Sonnenuntergang, war das Meer. Dorthin würde sie aufbrechen. Aber nicht jetzt, noch nicht. Sie mußte die Dunkelheit abwarten. Es war unmöglich, als Frau tagsüber allein auf der Straße einherzugehen, dazu noch mit diesen schmutzigen und zerrissenen Kleidern. Sie wollte nicht gesehen werden. Erst jetzt wurde Macha bewußt, wie schrecklich sie aussah. Aber das war ihr einerlei. Sie war frei, sie war unterwegs nach Caisra und würde bald Laris sehen! Laris! Er war bestimmt wohlauf, er war von Ruma weggegangen, nach Hause, er würde sie suchen, sich Sorgen machen um sie ... Laris, Laris ...

Macha legte sich auf den groben Sand am Flußufer – er war schwarz und nachtkalt – und rollte sich zusammen, so gut es mit ihrem dicken Bauch noch ging.

Als die sengende Nachmittagshitze über dem Wasser zitterte, wachte Macha auf. Sie aß ein Stück von dem Brot, trank Wasser aus ihrer hohlen Hand und wartete. Der Wind strich über das Tälchen, leise raschelten die Schilfhalme.

Kurz vor Sonnenuntergang machte sie sich auf den Weg. Erst jetzt bemerkte sie, daß sich das Schilf bis zum Ufer eines Sees ausdehnte und daß sie unmittelbar bei der Mündung des kleinen Flusses geschlafen hatte.

Der See war groß und weit, eingebettet in die steilen Wände eines riesigen Erdtrichters, dessen Hänge grün bewachsen waren. Rund um den See, dicht über dem Wasserspiegel, zog sich ein Band von schwarzem Sand hin. Die Straße folgte zuerst dem Ufer, stieg dann in engen Windungen den Abhang hinauf und wurde von sanften Hügeln aufgenommen.

Macha ging und ging. Ihr Gang war schwerfällig geworden, sie mußte alle paar hundert Schritte stehenbleiben und sich ausruhen. Sie schaute immer nur auf den Boden. Es war Neumond und dunkel, sie mußte achtgeben, nicht zu stolpern. Im Gehen redete sie leise mit ihrem Kind, in ihrer Sprache.

»So klein bist du noch und mußt schon so weit reisen«, sagte sie. »Aber warte, bis du auf der Welt bist, dann werden wir noch weiter gehen, bis zu den Städten im Norden, und noch weiter, bis zu den Bergen, ja. Ja, du und ich und Laris, wir werden ...«

Von weitem hörte sie, daß sich ein Wagen näherte. Sie duckte sich ins Gebüsch und wartete, bis sich das Räderrollen wieder in der Ferne verloren hatte.

»Laris, dein Vater, verstehst du? Ich weiß nicht, wo er jetzt ist. Vielleicht ...«

Vielleicht ist er tot, wollte sie sagen. Aber dann überkam sie plötzlich eine unsägliche Wut.

»Oh!« rief sie in die Nacht hinaus. »Vielleicht ist er böse auf mich, weil ich ihm das mit dem Traum nicht erzählt habe. Ja! Es wird wohl so sein.«

Sie hob einen dürren Ast vom Boden und schlug im Vorübergehen wütend gegen die Bäume, deren Schatten sich neben ihr am Wegsaum erhoben.

»Und weißt du was? Vielleicht hat er sogar eine andere Frau? Was denkst du? Könnte das sein? Könnte er so gemein sein?«

Sie murmelte vor sich hin. »Langsam denke ich, in diesem Land ist alles möglich. In diesem elenden Land, wo einem so schlimme Sachen widerfahren. Verdammt noch mal! Zwei Monde! Ha! Hat man schon so etwas gesehen? Ich halt das nicht aus. Das kann man mit mir nicht machen. Immerhin ... immerhin bin ich Macha, Tochter des Tiot und der Mordech. Wenn Laris tot ist, oder wenn er mich nicht mehr liebt, dann, ja dann ...«

Ihre Stimme war heiser vor Empörung.

»Ja, wir werden«, fuhr sie fort, »über die Berge gehen, dorthin, wo dein Großvater Tiot wohnt, und dein Onkel Gwender ...«

Gwender ... Es fuhr ihr heiß und kalt über den Rükken. Was erzählte sie da? Wie kam sie nur auf die Idee?

»Du, du«, sagte sie, »was denkst du darüber?«

Das Kind antwortete mit einem Schluckauf.

»Ja, ich weiß«, flüsterte Macha, und ein Anflug von Panik war in ihrer Stimme. »Ich weiß, daß du bald kommen willst. Ich werde mich beeilen ...«

Sie setzte sich an den Wegrand und schluchzte leise vor sich hin. Ihr Rücken schmerzte, und ein Ziehen in ihrem Bauch ließ sie bange werden. Das war doch viel zu früh, noch war nicht Turane ...

Beim Morgengrauen schlug sie sich seitlich ins Gestrüpp und gelangte zu einem Eichenwäldchen, wo sie bis tief in den Nachmittag hinein schlief. Sie träumte, daß eine lange Reihe von kleinen hübschen Sklaven an ihr vorbeizog, mit silbernen Tellern und Platten, auf denen die wunderbarsten Speisen aufgetürmt waren. Ein jeder nickte artig mit dem Kopf, drehte sich weg und entschwand, ohne daß sie auch nur einen Krümel von einer Platte picken konnte. Als sie erwachte, merkte sie, wie hungrig sie war.

Drei Nächte hintereinander ging sie, rastlos getrieben von dem einzigen Wunsch, ans Meer zu gelangen. Die Ledersandalen waren nach der zweiten Nacht schon zerrissen, sie hatte sie abgezogen und am Straßenrand liegengelassen. Aufgescheuchte Tiere kreuzten ihren nächtlichen Weg, einmal heulten Wölfe in der Ferne und jagten ihr ein Frösteln über die Haut. Aber sie biß die Zähne zusammen. Was hatte Laris damals zu Tiot gesagt, beim Abschied in ihrem Dorf? Sie sei zäh wie Birkenbast und furchtlos wie die wilden Tiere der Steppe?

Wie lange konnte sie wohl mit ihren wunden Füßen noch gehen? Wenn sie sich tagsüber irgendwo abseits der Straße erschöpft niederlegte, schmerzte ihre Stirn dort, wo sich allmählich eine harte, verkrustete Narbe bildete.

Das Brot hatte sie längst aufgegessen. Beeren und unreife Haselnüsse waren die einzige Nahrung gegen den bohrenden Hunger. Einmal kam sie in die Nähe eines Städtchens, das über einem dunklen, lauschigen Tal lag. Die Straße war hier tief in den Tuff eingeschnitten, ein dichtes Blätterdach bog sich über den Felsschlund und verdunkelte die ohnehin schon schwarze Nacht.

Jenseits der Schlucht bellte ein Hund. Dort sind Menschen ... dachte Macha.

In der Morgendämmerung des fünften Tages erreichte sie den Saum eines Hügels, zu dessen Füßen sich eine weite Ebene auftat. Auf der gegenüberliegenden Hügelflanke lag eine Ortschaft. Einen Augenblick lang blieb sie stehen und zog die Luft ein. Etwas beunruhigte sie. Was war das? Ein Geruch von Fäulnis hing über der Ebene, und jetzt sah Macha auch, daß dort, wo der Verlauf eines Flüßchens sein mußte, ein eigenartiger heller Dunst in die morgenkühle Luft stieg. Nach faulen Eiern roch es, genau, das war es. Sollte hier etwa der Eingang zur Unterwelt sein, von dem Ximantre ihr erzählt hatte? Ihr Herz begann zu hämmern.

Da sah sie, etwas abseits des Weges, eine Schafherde gemächlich einherziehen. Ein junger Hirte stand auf seinen Stock gestützt unter einem Baum. Hunde sprangen kläffend zwischen den Schafen hin und her.

Sollte sie sich bemerkbar machen? Vielleicht konnte er ihr sagen, wo sie hier war, sie hatte keine Ahnung, wie weit es noch bis zur Küste war.

»He!« rief Macha durch die Hände. Der Mann schaute erstaunt zu ihr herüber.

»Wie heißt das Städtchen?« schrie sie.

Er schüttelte den Kopf.

»Wie der Ort heißt!«

Da winkte er mit dem Arm in Richtung des Städtchens und nickte.

Ach! Dummkopf! Egal, wie die Stadt auch immer heißen mochte! Macha hockte sich schwerfällig hin und überlegte. Sie war nicht sicher, was sie jetzt tun sollte. Jedermann würde sie als Fremde erkennen, kaum daß sie den Mund aufmachte. Andererseits – sie war schrecklich hungrig und geschwächt. In diesem Zustand würde sie nicht mehr lange gehen können. Bedächtig öffnete sie ihr Säckchen, nahm den verbliebenen Ohrschmuck heraus, riß mit den Zähnen eines der Goldblättchen weg und legte es unter ihre Zunge. Sie war entschlossen, sich in der Ortschaft etwas zum Essen zu beschaffen.

Vielleicht würde sie sogar jemanden finden, der sie mit einem Wagen zur Küste bringen konnte. Mühsam stemmte sie sich hoch – da kam der Schmerz wieder, unerwartet und heftiger als je zuvor, er fuhr ihr vom Rücken in die Lenden und ließ sie sich zusammenkrümmen.

»O ihr Götter, helft mir!«

Macha schrie. Sie sank auf die Knie, das Goldblättchen fiel aus ihrem Mund.

Keuchend stemmte sie sich wieder hoch und hielt ihren Bauch.

»Warte«, sagte sie. Die Panik machte ihren Mund trocken. »Warte. Du kannst jetzt noch nicht kommen. Wir müssen hinunter, ins Tal, Menschen, ja, wir müssen Menschen finden ...«

Sie wußte später nicht mehr, wie sie es geschafft hatte, ins Tal zu gelangen, wo sie vor einer Hofmauer zusammengebrochen war. Jemand hatte sie mit dem Ausruf höchsten Erschreckens aufgehoben, hatte sie gestützt und in ein kleines, schäbiges Haus geleitet.

Macha schrie vor Schmerz und Angst. Sie krallte ihre Finger in die Kleider dieser alten Frau, die bei ihr kauerte und ihr immer wieder gut zuredete, ihr einen Becher mit kühlem Wasser an den Mund hielt. Und dann kam, begleitet von Gänsegeschnatter und dem Zirpen der Zikaden und im Schwefelgestank der heißen Quellen von Aurinia, Machas Sohn zur Welt. Er gab den Göttern seine zu frühe Ankunft mit einem lauten Brüllen bekannt. Der erste Geruch, den seine winzige Nase auf dieser Welt wahrnahm, war derjenige von faulen Eiern.

Macha lachte und weinte und betrachtete erstaunt das kleine Wesen, das die alte Frau in ihre Arme legte. Nichts fehlte an ihm, alles war da – fünf Finger an jeder Hand, und fünf kleine runde Zehen an jedem Fuß. Er hatte graue Augen, schwarze Haare und Grübchen in den Wangen, ja, und er sah, abgesehen von einem feinen pelzigen Flaum auf dem Rücken und der roten schrumpeligen Haut, in allem so aus wie Laris.

Erschöpft schlief Macha ein.

Machas Sohn war im Haus der Caitle und des Aivas zur Welt gekommen. Das kinderlose Paar stand im Dienst eines Adeligen in Aurinia und besorgte auf dem bescheidenen Landgut unterhalb des Städtchens die Oliven und Reben ihres Herrn.

So etwas war den beiden in ihrem ganzen armseligen Leben noch nie begegnet! Eine junge Frau, die beinahe vor der Tür ihres Hauses ein Kind geboren hätte! Und wie sie aussah, schmutzig, das Kleid zerrissen, die Haare verklebt, die Füße wundgelaufen!

Was hatten die Götter vor mit diesen beiden Menschen?

Caitle hatte des Kind gewaschen. Immer wieder schüttelte sie den Kopf. Etwas kam ihr seltsam vor. Diese junge Frau sah nicht aus wie eine von ihnen – die helle Haut, die roten Haare und die grünen Augen, der Akzent in ihrer Sprache, alles an ihr war eigenartig. Aber dann dieses Kind! Ein echter Rasna von Kopf bis Fuß! Und da war noch etwas anderes. Die junge Frau erinnerte sie an jemanden, aber so sehr Caitle auch darüber nachdachte, es kam ihr nicht in den Sinn, an wen.

Das Kind lag bei Macha und schlief. Die alte Frau lächelte und fuhr mit dem Finger sanft über die seidenweiche Wange. Sie wollte gut für diesen kleinen Knaben sorgen, ja, das wollte sie, denn wenn ihr die Götter schon ein eigenes Kind versagt hatten, so würde sie doch wenigstens jetzt ihr Bestes tun.

Als Macha aufwachte, sah sie das fremde Gesicht, das sie anstarrte.

»Wer bist du?« fragte Caitle. »Woher kommst du?«

Macha mußte angestrengt nachdenken. Wo war sie? Wer war sie? Macha, Tochter der Mordech und des Tiot? Macha, Gefährtin des Laris? Macha...

Ein Geräusch an ihrer Seite ließ ihren Blick dorthin gleiten. Neben ihr lag dieser unglaublich kleine Mensch, eingeschnürt in saubere Tücher. Die winzige Nase zitterte leise bei jedem Atemzug. Macha staunte. Irgendwie hatte dieses Wesen etwas mit ihr zu tun.

Sie sah in das zerfurchte Gesicht der alten Frau, die neben ihr hockte.

»Du...? Wer bist du?« flüsterte sie. »Das Kind ist gesund, nicht wahr? Und alles ist gutgegangen?«

Caitle nickte und lächelte. Die beiden Frauen hatten sich bald alles erzählt, das nötig war, um Vertraulichkeit herzustellen.

Ab und zu schlurfte Aivas durch die Kammer und reichte Macha kopfschüttelnd mit seinen großen, schwieligen Händen eine Schale mit honiggesüßter Ziegenmilch.

»Ja, ja«, sagte Caitle, und ihr Tonfall duldete keinen Widerspruch, »du mußt trinken. Und überhaupt, du bleibst hier, bis du bei Kräften bist. Ich werde dir in der Zwischenzeit deine Kleider flicken.«

Ich muß doch weiter, so bald es nur geht, dachte Macha. Trotzdem nahm sie Caitles Angebot dankbar an.

Der Mond war rund und wieder dünn geworden, als Macha eines Abends hörte, wie der Alte zu seiner Frau sagte:

»Morgen kommt Marce, um die Gänse und Hühner zu holen. Sie brauchen Geflügel, unser Herr gibt ein Bankett zum dritten Jahrestag des Todes seiner Frau. Du mußt mir helfen, die Körbe bereitzumachen.«

An jenem Morgen saß Macha im Schatten eines Feigenbaumes, dessen Äste sich an der Lehmmauer des Hauses hochrankten, und stillte ihr Kind. Ihre Finger strichen über die Wangen des süßen, wohlriechenden Wesens, das da in ihren Armen lag. Wohlriechend! Sie mußte ihre Nase tief in dem schwarzen Haarschopf vergraben, um diesen feinen Kindergeruch wahrzunehmen, denn die Luft war geschwängert von dem Schwefeldunst, der über dem Tal lag.

»Es ist das Wasser, das so riecht«, hatte Caitle gesagt. »Die Quelle entspringt dem feurigen Bauch der Erde, sie ist heilbringend für die Leiden der Glieder und der Haut. Du solltest sehen, wie es im Winter hier ist! Bei großer Kälte liegt über dem Fluß weißer Dampf, und wenn der Wind hineinfährt, sieht es aus wie ... wie ... aufgestobene Daunenfedern. Man kann dann den Wind sehen, Macha, man kann ihn sehen!« Und sie bewegte ihre dürren Arme durch die Luft, als ob sie ein Tuch schüttelte.

Macha sah vor ihren Augen, zwischen den großen, sattgrünen Blättern, winzige Feigen. Einen, vielleicht zwei Tage wollte sie noch bleiben, so lange nur, bis ihre wunden Füße geheilt waren. Da hörte sie Stimmen im Haus. Es war wohl der Mann, der die Körbe mit den Gänsen und Hühnern holen mußte. Eine helle Stimme war auch dabei, die eines Jungen oder eines Mädchens, die beiden scherzten miteinander.

Ein kleines Flattern in der helleren Stimme ließ Macha aufhorchen. Dieses Zittern hatte sie schon einmal gehört, wo?

Macha versuchte sich zu erinnern. Da tauchte aus der Ferne ein Bild auf, sie sah ihr Dorf zu Hause, den Fluß, ein Boot, das von der Strömung fortgezogen wurde...

Sie sprang auf, zog ihr Kleid hoch, das Kind begann zu brüllen. In drei Schritten war sie im Haus, sie sah Aivas, der mit einem jungen, hübschen Mann sprach, Caitle, die daneben auf einem Schemel saß, und, über einen Korb gebückt, die schmale Gestalt eines Mädchens in einem kurzen, hellen Leinenrock, das Gesicht von den Haaren bedeckt.

»Danuth?« Machas Stimme war kaum hörbar.

Das Mädchen wandte den Kopf. Einen Augenblick lang verharrte es bewegungslos mit aufgerissenen Augen in dieser geduckten Haltung.

Die Zeit schien stillzustehen. Caitle und Aivas schauten sich fragend an. Was ging hier vor?

Plötzlich sprang die kleine Sklavin hoch. Sie schlug die Hände vor den Mund und wich ein paar Schritte zurück.

»Macha?« rief sie leise.

»Danuth, du bist es, nicht wahr?«

Macha konnte kaum glauben, was sie da sah. Es war Danuth, aber doch wieder nicht. Jedenfalls war das hier nicht dieses scheue Kind, das damals aus ihrem Dorf verschleppt worden war. Ein stattliches Mädchen stand vor ihr, aufrecht wie eine Zypresse und mit Augen, die klar und herausfordernd waren.

Im nächsten Augenblick hielt Caitle unversehens den brüllenden Säugling auf dem Schoß, und Macha und Danuth lagen sich weinend in den Armen. Und jetzt fiel es Caitle wie Schuppen von den Augen. Die Ähnlichkeit! Warum war es ihr nicht früher in den Sinn gekommen! Es war diese kleine Sklavin, an die die fremde Frau sie erinnert hatte!

»Ihr jungen Frauen!« rief sie, wippte mit den Beinen und klopfte dem Kind beruhigend auf den Rücken. »So sagt doch etwas! Was ist geschehen?«

Es dauerte lange, bis Macha sprechen konnte.

»O Caitle!« rief sie zwischen Lachen und Weinen. »Ein Wunder ist geschehen! Ein Wunder! Der Wille der Götter hat mich in euer Haus geführt! Es kann nicht anders sein!«

Ihr Atem flog. Sie nahm ihr Kind von Caitles Schoß und legte es in Danuths Arme.

»Mein Sohn«, sagte sie.

Danuth stand fassungslos da mit dem Kind in den Armen und schüttelte den Kopf. »Dein Sohn? Wer ist der Vater?«

»Es ist eine lange Geschichte ...« Machas Stimme zitterte. »Vielleicht ist es besser, du bringst erst die Gänse und Hühner zur Stadt hinauf? Wir müssen lange, lange miteinander reden! Du kannst sprechen, Danuth! Wie ist das nur möglich? Ein Wunder, es ist ein Wunder!«

Der junge Mann, der Marce hieß, stand verlegen dazwischen und wußte nicht, wie ihm geschah.

Immer wieder schauten Caitle und Aivas in den Hof hinaus, wo Macha und Danuth unter dem Feigenbaum saßen, und schüttelten den Kopf.

»Nein so was«, sagte Caitle. »Ich versteh das alles nicht.«

Ja, wer konnte das schon verstehen? Hätten die Feigenblätter hören können, sie hätten die wunderlichsten Worte vernommen, die in einer seltsamen, fremd klingenden Sprache gesprochen wurden. Von einer Schiffsreise war die Rede, von einem Rasna namens Laris und von Caisra und Felsina, von Ruma und einem manche Nächte dauernden Fußmarsch. Hin und wieder wurde Macha von den erstaunten Ausrufen Danuths unterbrochen.

»Laris! Laris der Rasna!«

Und Macha sah und hörte staunend, was mit Danuth geschehen war. Ja, tatsächlich, Macha hörte es! Danuth, die stumm gewesen war, hatte nach ihrem schrecklichen Abschied in Machas Dorf die Sprache wiedererlangt. Nur das leise Zittern in der Stimme erinnerte daran, daß ihre Sprachlosigkeit Ausdruck höchster Not und abgrundtiefer Angst gewesen war.

»Damals«, sagte Danuth, »als ich deinen Namen rief, da ist etwas in mir drinnen losgerissen und hat mich mit Worten vollgeschwemmt. Dafür habe ich das andere verloren, die Gabe, die Dinge zu sehen, zu hören, die der anderen Welt angehören. Macha ... Nie werde ich vergessen, wie du für mich gekämpft hast, wie ein Tier! Ich habe dich immer in meinem Herzen getragen.«

Und dann erzählte sie ihre Geschichte. Sie war über Massilia und über das Meer nach Tarchna gelangt. Dort war sie auf einem Sklavenmarkt von einem Händler gekauft und nach Aurinia gebracht worden. Ja, und hier hatte sie Marce getroffen, und sie hatten sich ineinander verliebt.

Macha senkte den Kopf. »Danuth ... Du ... du wirst hierbleiben, nicht wahr?«

Danuth schaute Macha mit großen Augen an.

»Macha ... Mein Leben hier ... Es ist zwar in vielem auch nicht besser als dort, zu Hause. Ich muß hart arbeiten. Hier, schau dir meine Hände an«, und sie streckte Macha ihre roten, rauhen Hände hin. »Vom Waschen«, sagte sie. »Aber hier habe ich Marce, und mein Herr ist gut zu mir, er wird uns erlauben, wie Mann und Frau miteinander zu leben.« Danuth lachte ein unbekümmertes Lachen.

Aber dann wurde sie ernst. »Und du, Macha? Was wird aus dir und deinem Kind?«

Macha begann zu weinen.

»Ich weiß es nicht, Danuth. Es gibt für mich nur den einen und einzigen Gedanken: Laris. Ich kann nicht mehr lange hierbleiben, Danuth, ich muß ihn finden, wo auch immer er sein mag. Wenn er tot ist – ich weiß nicht, was dann ist.«

Sie schwiegen.

»Wie soll das Kind denn eigentlich heißen?« fragte Danuth nach einer Weile.

Hinter der Hofmauer war das Geschlurfe des alten Mannes zu hören, das sich langsam entfernte.

»Ich habe es mir noch nicht überlegt. Vielleicht ... Aivas. Was meinst du zu Aivas?« Zwischen Lachen und Weinen schaute Macha Danuth an. »Das wäre ein schöner Name, nicht? Er wird mich immer daran erinnern, wie gut die Götter zu mir waren, daß sie mich in dieses Haus geführt haben.«

»Aivas, Aivas«, sagte Danuth und beugte sich lächelnd über das Kind. »Sohn der Macha und des Laris. Mögest du aufrecht durchs Leben gehen wie deine Mutter und wie dein Vater die Schönheit der Welt lieben.«

13. Kapitel

Die Sonne senkte sich schon hinter die Hügel, als Danuth sich endlich nach Aurinia aufmachte.

»Was wird dein Herr sagen, wenn du so lange nicht nach Hause kommst?« fragte Macha.

Danuth zuckte mit den Schultern.

»Schlimmstenfalls wird es Stockschläge absetzen. Und

wenn schon! Kein Preis ist mir zu hoch für den heutigen Tag! Wann wirst du von hier weggehen, Macha?«

»Bald. Wenn der Vogel mich ruft.« Macha begann zu weinen. »O Danuth! Jetzt habe ich dich gefunden. Könnte ich nur hierbleiben! Aber das geht nicht!«

Danuth schüttelte den Kopf. Sie schaute Macha nachdenklich an.

»Warte«, sagte sie. »Ich habe eine Idee...«

Danuth kam am anderen Morgen mit Marce, um die Körbe zurückzubringen.

»Hör mal«, sagte sie zu Macha. »Übermorgen werde ich mit dem Stallmeister nach Tlamu fahren. Er muß Waren holen, und ich soll mich um frische Fische und Muscheln für das Gastmahl kümmern. Wenn du willst, kannst du mitfahren.«

Macha schluckte.

»Ich weiß nicht, ob ich will... Danuth... Aber ich muß. Ich muß...«

Die Vorsehung wollte es, daß in dieser Nacht ein großer Vogel über Aivas' Haus zog, Richtung Westen, zum Meer. Sein Gefieder glänzte weiß im Mondlicht. Im Traum hörte Macha das Rauschen seiner Schwingen und seinen Schrei.

»Komm mit!« rief er. »Es ist Zeit!«

Am übernächsten Morgen fuhren der Stallmeister und Danuth auf einem Einspänner beim Haus von Caitle und Aivas vor.

Der Abschied war tränenreich.

»Caitle, ich werde dir nie vergessen, was du für mich getan hast.« Macha schluchzte. »Ich werde Aivas von euch erzählen. Immer soll er daran erinnert sein, wo er zur Welt gekommen ist.«

Gegen den wortreichen Widerstand der beiden alten Leute ließ Macha zwei der goldenen Blättchen ihres Schmuckes auf dem Tisch zurück.

»Den Rest«, sagte sie, »werde ich wohl noch brauchen. Von Tlamu nach Caisra – wer weiß, wie ich dort weiterkomme.«

Der alte Aivas drückte dem kleinen Aivas einen scheuen, flüchtigen Kuß auf die Stirn.

»Mögen dich die Götter beschützen, dich und deine Mutter«, murmelte er.

Caitle hatte für Macha ein Bündel bereitgemacht mit zwei Windeln, einem kleinen Wolltuch, Brot und Käse. Macha reichte Danuth das in Tücher gewickelte Kind, kletterte auf den Wagen, sie fuhren los.

Der Lenker trieb das Pferd an. Macha schaute sich noch einmal um, winkte der alten Frau, die dort stand und ihren Rock mit den Händen zerknüllte. Bald war das Haus hinter der Wegbiegung verschwunden.

Macha hatte einen Kloß im Hals, die Tränen liefen ihr übers Gesicht. Sie hätte Danuth noch so viel zu erzählen gehabt, aber sie brachte kein Wort hervor.

Es war schon heiß. Aivas, der auf Danuths Armen schlief, wachte auf und begann zu wimmern.

Danuth hob ihn hoch und rümpfte ihre Nase dicht vor seinem Gesichtchen.

»Schau mich an, du Schreihals!« rief sie. »O Macha, so einen süßen kleinen Jungen möchte ich auch einmal haben! Na, na, nicht so laut. Hier«, Danuth gab Macha das Kind in die Arme, »hier, nimm ihn. Ich werde die Götter darum bitten, daß sie mir auch ein schönes Kind schenken, ja, das werde ich.«

Macha schaute Danuth erstaunt an. »Wie kannst du dir ein Kind wünschen? Die Sklaven haben doch ...«

Danuth unterbrach sie. »Ich weiß. Manche nehmen ihren Sklaven die Kinder weg, oder die Säuglinge werden sogar getötet. Aber nicht überall. Mein Herr tut das nicht. In unserem Haus leben zur Zeit drei Kinder von Sklaven, kleine süße Rasna wie Aivas.«

Macha schwieg und wiegte Aivas hin und her.

Aber plötzlich begann sie zu reden, stockend erst und leise. »Danuth ...« sagte sie. »Ist er wirklich ein ... ein Rasna? Manchmal weiß ich selbst nicht, wer ich bin. Alles ist so schwierig. Und weißt du was? Oft sehne ich mich nach Hause, nach unserem See. Hier wird mein Kopf ganz wirr, jeder Tag endet anders, als er begonnen hat. Ich muß an zu viele Sachen denken. Und vieles verstehe ich nicht, ich verstehe es einfach nicht.«

»Ja, manches hier ist eigenartig«, sagte Danuth. »Die Rasna ...«

Macha unterbrach sie. Sie hatte gar nicht richtig hingehört. Immer schneller und heftiger kamen jetzt die Worte aus ihrem Mund. »Die Aufregung mit all den Himmelszeichen, diesen Blitzen, den zwei Monden. Danuth, ich habe sie selbst gesehen, im Traum, die beiden Monde und die Wölfin! Laris hat mit mir geschimpft, weil ich es ihm nicht erzählt habe ...«

Danuth schüttelte den Kopf. »Ich versteh gar nichts. Was für eine Wölfin? Und warum hat Laris geschimpft?«

Und da erzählte Macha die ganze Geschichte von ihrem Traum und von der schlimmen Sache mit Tullia und Aule.

»Ich habe mich nicht erinnert!« rief sie aufgebracht. »Danuth! Ich habe meinen Traum nicht erkannt. Und das alles wegen Tullia. Ich glaube, sie hat mir damals die Erinnerung an die Träume gestohlen ... Und nur deswegen ist alles so gekommen. Wären wir nicht genau an diesem

Tag nach Ruma gefahren, dann hätte ich Laris nicht verloren!«

Sie schwieg. Plötzlich sagte sie: »Aber andererseits, wenn ich es mir überlege ...«

»Andererseits was?«

»Danuth! Ich hätte dich niemals gefunden! Alles hatte seinen Sinn! So ist es! Seit jener Nacht in Ruma hat sich alles gewendet. Danuth, ich bin nach Ruma gefahren, weil ich dich suchte, weil ich glaubte, wir würden dort etwas über dich erfahren. Dabei habe ich Laris verloren, aber alles, was seither geschehen ist, hatte nur diesen einen Sinn – daß ich nach Aurinia kommen mußte. Ich habe dich gesucht, und dafür Laris verloren.«

Danuth schwieg und dachte nach. »Und jetzt mußt du Laris finden«, sagte sie schließlich. »Du wirst ihn finden, Macha, die Götter werden dir helfen. Ich werde jeden Morgen und jeden Abend zu unseren und zu den Göttern der Rasna beten, daß du Laris wiederfindest. Es wird sicher alles gut werden, du wirst jetzt nach Caisra fahren, und dort wird Laris sein, und ...«

Macha schaute über die Ebene, die sich zu ihren Füßen aufgetan hatte. Der Himmel war weit geworden, und dieser untrügliche Dunst am Horizont zeigte die Nähe des Meeres an.

»Ja«, sagte Macha und seufzte. »Es wird so sein, Danuth. Ohne die Hilfe der Götter geht es nicht. Aber Danuth, da ist noch etwas anderes. Hier, schau ...« Sie holte das Säckchen mit dem Stein unter ihrem Kleid hervor. »Das hat Deirdre mir gegeben, beim Abschied. Der Stein hat mir geholfen, als ich krank war, in Caisra. Aber jetzt ... er ist stumm und kalt. Was hat das zu bedeuten?«

Danuth schüttelte langsam den Kopf. »Deirdre«, sagte sie leise.

Sie nahm Macha den Stein aus der Hand und betrachtete ihn. »Ich weiß auch nicht. Aber ... Macha, ich glaube nicht, daß Deirde sich einfach so von dir abwendet. Wenn sie sich einmal mit jemandem verbündet hat, dann läßt sie ihn nicht wieder aus den Augen. Das weiß ich. Hab Geduld.«

Macha senkte die Augen. »Du hast recht«, murmelte sie. »Wie konnte ich nur so kleinmütig sein.«

Die Mädchen waren so in ihr Gespräch versunken, daß sie gar nicht bemerkten, wie der Wagen hielt.

»Wir rasten hier«, sagte der Lenker. »Weckt mich, wenn die Sonne dort über den Bäumen steht.« Er zeigte auf eine Gruppe von hohen Weiden, die das Ufer eines kleinen schattigen Sees säumten. Er legte sich unter den Wagen und streckte die Beine von sich.

Danuth und Macha schauten sich an.

»Komm«, sagte Danuth, »wir gehen zum See.«

Danuth sprang vom Wagen, Macha reichte ihr Aivas und ließ sich auf den Boden gleiten. Sie gingen im Schatten der Bäume ein Stück weit von der Straße weg zu einem Felsvorsprung. Über ihnen zeterten Elstern im dichten Geäst der Erlen. Das dunkle Wasser schwappte leise gegen die Steine am Ufer.

Macha legte Aivas auf ein Tuch und säuberte mit der Salbe, die Caitle ihr mitgegeben hatte, den wunden Bauchnabel. Als sie sich umwandte, war Danuth schon im Wasser.

»Macha!« rief sie. »Es ist wunderbar!«

Sie verschwand und tauchte ein ganzes Stück vom Ufer entfernt wieder auf.

Macha zog sich aus. Ihre Kleider waren verschwitzt und klebrig.

Als die Kühle des Wassers über ihr zusammenschlug,

hatte sie das Gefühl, an einem unbekannten, aber lange ersehnten Ziel angekommen zu sein. Der See umfing sie wie eine Mutter, die ihr Kind in die Arme nimmt. Sie ließ sich unter das Wasser gleiten und blieb bewegungslos, den Kopf nach hinten gebogen. Wie lange war es her, seit sie am Ufer gehockt war, dort, zu Hause, an ihrem See?

Das Wasser nahm von ihr Besitz, und sie ließ es geschehen, drehte sich auf den Bauch und starrte hinab in die dunkelgrüne unheimliche Stille des Abgrundes, der sich vor ihr auftat.

Plötzlich war Danuth neben ihr. Sie zog Macha an den Haaren hoch, prustete und lachte.

Sie legten sich nebeneinander im seichten Wasser auf den Rücken und starrten in die Baumkronen über ihnen.

»Wie alt bist du eigentlich jetzt?« fragte Danuth plötzlich.

»Siebzehn, oder etwas mehr. Und du? Wohl fünfzehn?«

»Ja, so ungefähr, denke ich.«

Später wateten sie ans Ufer, rubbelten sich gegenseitig mit einem Tuch trocken und zogen sich an.

Macha bückte sich, um die Sandalen zu schnüren. Als sie sich aufrichtete, trafen sich ihre Blicke. Sie schauten sich lange an und sagten nichts, dann fielen sie sich in die Arme, und in das Wasser, das aus ihren Haaren tropfte, mischten sich die Tränen des Abschieds. Lange hielten sie sich umarmt.

Macha wickelte Aivas in seine Tücher, sie gingen wortlos zum Wagen und sprachen nicht mehr, bis sie beim Hereinbrechen der Dämmerung im Hafen von Tlamu einfuhren.

Ein großes Schiff lag dort vor Anker, mit einem Bug in Form eines rot und blau bemalten Vogelkopfes. Der Zweimaster war unterwegs in den Süden, und der Schiffer hatte nichts dagegen, eine Frau mit einem Kind an Bord zu nehmen, vor allem, wenn sie zu bezahlen gewillt war.

Als Danuth am anderen Morgen im Besitz eines Korbes frischer Fische und Muscheln mit dem Stallmeister nach Aurinia zurückfuhr, stand Macha stumm und tränenblind am Kai, ihr Kind im Arm, und schaute dem Wagen nach, wie er hinter einer Mauer verschwand.

Würde sie Danuth je wiedersehen?

Das Schiff fuhr erst in drei Tagen. Das gefiel Macha nicht. Sie wollte nicht in diesem schmutzigen und lärmigen Hafen bleiben. Noch einmal vergewisserte sie sich der Abfahrtszeit des Schiffes – in drei Tagen, frühmorgens – und ging nordwärts, den Strand entlang, bis sie den Hafen nur noch als winzig kleine Ansammlung von Häusern sehen konnte. Die einsamen Dünen waren von Ginsterbüschen bewachsen. Dort schlief Macha, Aivas dicht an ihrer Seite, oder sie lag wach und starrte in das vom Glitzern der Sterne durchlöcherte Nachtschwarz. Tagsüber saß sie am Strand, ließ die Beine vom Wasser umspülen, schaute aufs Meer hinaus, wo sich ab und zu die schmalen Umrisse eines Fischerbootes zeigten, und stillte ihr Kind. Wenn Aivas sie anschaute – ja, er schaute sie richtig an mit seinen hellen Augen! –, dann dachte sie an Laris und weinte.

Manchmal spielte sie nachdenklich mit seinen Händchen, streichelte die weichen Wangen. Was ist wohl hinter deiner Stirn? dachte sie. Was, mein kleiner Aivas, ist dunkel in dir, und was hell? Wohin gehörst du? Wohin gehöre ich?

Manchmal zogen ihre Füße Kreise in den Sand, die von der Flut wieder weggespült wurden. Sie leckte sich vorsichtig das Meerwasser von den Händen – es schmeckte salzig, tatsächlich!

Kein Mensch zeigte sich, nur einmal kam gegen Abend eine laute Schar von jungen Männern in bunten Lendentüchern vorbei, die hinter sich an einem Seil einen Thunfisch über den Sand schleiften. Macha versteckte sich in den Büschen, bis das Lachen in der Ferne verklungen war.

Dreimal war die Sonne ins Meer gesunken, als Macha aufbrach. Die Nacht war sternenklar, kein Mond zeigte sich, die schmale Gestalt ging schattenlos den Saum des Wassers entlang, südwärts, auf Tlamu zu.

Es war noch dunkel, als sie den Hafen erreichte. Im Schein der Fackeln, die auf der Kaimauer an eisernen Ständern festgemacht waren, erhob sich das Schiff schemenhaft und gespenstisch in den Nachthimmel. Männer kamen und gingen über die Planken und brachten die letzten Waren an Bord.

Da erschien der Schiffer auf dem Deck.

»Komm rauf, junge Frau!« rief er. »Wir laufen bald aus!«

Kaum hatte sie den Fuß über die letzte Planke gesetzt, war er schon an ihrer Seite und verlangte seinen Lohn. Macha ließ das letzte verbliebene Gold ihres Ohrschmuckes in seine schwielige Hand gleiten. Sie bezahlte zuviel, das wußte sie, aber es war ihr einerlei. Nur zwei kleine Blättchen hatte sie zurückbehalten. Noch vor Sonnenaufgang liefen sie aus dem Hafen, und bald waren sie auf offener See.

Eine unbarmherzige Sonne stach aus dem wolkenlosen Himmel. Über dem Horizont standen manchmal weiße bauschige Wölkchen, die plötzlich wieder verschwunden waren, so als hätte das Meer sie verschluckt. Macha verbrachte die ganze Zeit im Schatten des Segels.

Zwei Tage später landeten sie in Pyrgi. Ein Gewitter ging über der Küste nieder, als das Schiff im Hafen einfuhr.

Für Macha war es ein Nachhausekommen. Und wie damals, als sie mit Laris hier zum ersten Mal an Land gegangen war, war ihr erstes Ziel der Tempel. Die Göttin würde sich an sie erinnern.

14. Kapitel

Der Regen prasselte auf die Stufen. In der Ferne rollte der Donner. Niemand zeigte sich. Macha huschte durch den dunklen Raum. Tauben flatterten im Gebälk. In regelmäßigem Rhythmus klatschten Tropfen in eine Pfütze, die sich unter einer undichten Stelle im Dach gebildet hatte.

Mit klopfendem Herzen opferte Macha der Göttin die zwei letzten Goldblättchen.

»Große Mutter«, flüsterte sie, »sei gnädig und laß mich Laris finden, bald...«

Sie brachte fast keinen Laut hervor. »Ich muß ihn finden, verstehst du? Ich bitte dich um deine Hilfe.«

Sie dankte der Göttin für die leichte Geburt und bat sie um ein langes und lichterfülltes Leben für Aivas. Sie hielt das Kind empor, damit Uni sein Gesicht sehen konnte.

In diesem Augenblick zerriß ein lauter Knall die Stille, nicht weit vom Ufer entfernt fuhr ein Blitz ins Meer, der hohe Raum wurde in taghelles Licht getaucht. Ein ohrenbetäubender Donner folgte, dessen Getöse das Fundament des Tempels erzittern ließ.

Das Gesicht der Göttin leuchtete weiß, ihre Augen flammten, der Mund war verzerrt. Das Krachen des Donners wurde von einer heftigen Windböe begleitet, die sich im Gebälk verfing und sich in den Ziegeln als ein Winseln fortsetzte.

Macha schrie. Sie drückte Aivas an ihre Brust und schrie so laut sie konnte. Dann wandte sie sich um, noch immer schreiend, und rannte hinaus. Oben an der Treppe blieb sie stehen, atmete schnell und sah sich hilfesuchend um. Der Regen war so heftig, daß man kaum das Meer sehen konnte.

Macha spürte, wie kalter Speichel sich in ihrem Mund sammelte, wie der Boden unter ihren Füßen weggezogen wurde. Die Beine gaben nach, Dunkelheit fiel über ihre Augen, sie ging langsam, ganz langsam in die Knie.

Aivas' Weinen weckte sie. Sie versuchte aufzustehen, aber ihre Glieder waren wie aus Blei. Es dauerte eine ganze Weile, bis ihr klar wurde, wo sie sich befand und was geschehen war. Der Himmel war wolkenverhangen, die Abenddämmerung war schon hereingebrochen, doch es konnte nicht allzuviel Zeit verstrichen sein, denn das Schiff, das sich hinter den Säulen langsam über den Horizont schob, war noch fast an derselben Stelle.

Sollte sie hier im Tempel übernachten? Die Vorstellung machte ihr angst. Aber sie konnte jetzt, bei diesem Wetter und mit dem Aufkommen der Dunkelheit, nicht aufbrechen. So verkroch sie sich in der hintersten Ecke der Säulenhalle, auf der von der Küste abgekehrten Seite, dort, wo die Göttin nicht hinschauen konnte. Der Wind sauste im Gebälk, eine Schlange ringelte sich über den Boden, aber Macha merkte es nicht. Sie war eingeschlafen, Aivas neben sich auf der Decke.

Als sie aufwachte, hatte es aufgehört zu regnen. Mit steifen Gliedern und dröhnendem Kopf erhob sich Macha und wickelte Aivas in sein Tuch. Sie fröstelte. Im Osten zeigte sich das erste Morgengrauen an.

Eben wollte sie die Treppe hinuntereilen, als plötzlich, wie aus dem Nichts, Aule vor ihr stand. Das Kind war in einen roten Umhang gekleidet, seine Füße steckten in Stiefelchen mit hochgezogenen Spitzen.

Es stellte sich Macha mit erhobenen, gegen sie gerichteten Handflächen in den Weg und schaute sie herausfordernd an. Der Anblick war schrecklich. Zwei dunkelrote, schlecht verheilte Narben zogen sich über beide Wangen fast bis zu den Schläfen. Aber die schwarzen Augen hatten nichts von ihrer Kraft verloren, die Bewegungen nichts von ihrer Anmut eingebüßt.

Macha hielt inne und versuchte zu lächeln, aber es wollte ihr nicht so recht gelingen.

»Aule . . .?«

Aule trat zur Seite und senkte den Kopf. Macha hielt den Atem an.

»Ich . . . ich will . . . dein Kind anschauen«, sagte da Aule. Ganz leise kamen die Worte, aber fordernd, drängend.

Macha sah, daß Aule vorne eine Zahnlücke hatte, die früher nicht dagewesen war. Sie zögerte. Was wollte das Kind von ihr? Da bemerkte sie ein Flackern in seinem Blick, ein flüchtiges Niederschlagen der Augenlider, sie sah, wie sich die kleinen Hände ineinander verkrampften. Macha wurde von einer unendlichen Traurigkeit überwältigt.

Ohne den Blick von Aule zu wenden, kniete sie sich nieder und zog das Tuch von Aivas' Gesicht. Er schlief. Aule trat näher, schaute auf das Bündel in Machas Armen. Sein Kinn begann zu zittern. Langsam hob sich seine Hand, und einen Moment lang glaubte Macha, es werde zuschlagen. Aber da begann Aule, ganz sanft über Aivas' Kopf zu streicheln, schnell bewegten sich die kleinen, kindlichen Finger über die schwarzen Haare.

Macha weinte. Sie nahm Aules Hand und hielt sie fest, drückte sie an ihre Wange. Wie hatte sie sich nur fürchten können vor diesem unglücklichen Kind, das eben einen Milchzahn verloren hatte?

Da sagte Aule mit dünner Stimme: »Was ... ist es?«

»Ein Junge«, flüsterte Macha.

»Er ist ... hübsch«, sagte Aule leise. »Die Augen ... sind hell, wie bei ... bei dir. Aber das andere ist wie bei Laris. Er ist hell und dunkel ... Ich wünsche ihm, daß die Götter ihn mehr lieben als mich.«

Aule zog die Hand weg und drückte seine kleinen Fäuste auf die Augen. Rote Flecken zeigten sich auf beiden Wangen.

»Die Götter lieben dich, Aule«, sagte Macha schluchzend. »Du gehörst in ihren Kreis. Wie sonst hätten sie dich auserwählt, Uni zu dienen? Du wirst Priester der Göttin sein, und alle Menschen werden dich achten.«

Aule drehte den Kopf zur Seite. »Du ... haßt mich?« Ganz leise war seine Stimme.

Macha schüttelte den Kopf. »Nein, Aule, ich hasse dich nicht. Ich hatte Angst vor dir und vor Tullia. Aber jetzt nicht mehr. Verstehst du? Jetzt nicht mehr.«

Sachte zog sie das Tuch wieder über Aivas und erhob sich.

»Sie haßt mich nicht.« Aule sprach zu sich selbst. Dann wurde seine Stimme plötzlich heftig. »Gehst du jetzt nach Hause?«

Macha nickte.

»Sag Großmutter ...« Aule hob hilflos die Arme und senkte sie wieder. »Sag ihr, ich ... sag ihr ... ich muß neue Stiefel haben, die alten tun mir weh.«

Das Kind wandte sich um und rannte zum Ausgang.

»Sag ihr«, rief es, bevor es hinter den Säulen verschwand, und seine Stimme klang plötzlich ganz froh, »sag ihr, daß ich die Honigpasteten mochte, die sie mir das letzte Mal mitgebracht hat!«

Macha schrie: »Aule, so warte doch!«

Aber das Kind war verschwunden, sie hörte seine eilenden Schritte auf der Treppe verklingen.

»Aule . . .?«

Es war still. Sie wandte sich mit tränennassem Gesicht um und ging zu der Kammer, wo Uni auf ihrem Thron saß. Ein schmaler Streifen von Sonnenlicht zwängte sich durch das Gebälk und fiel auf die nackten Zehen der Göttin. Sie lächelte mild. Ihr Gesicht war glatt und ebenmäßig, die Augen starr in eine unbekannte Ferne gerichtet.

Ein strahlender Morgen ging über der Küste auf. Macha lief vom Meer abgewandt, in den heranbrechenden Tag hinein. Ihr Herz war leicht geworden, aber da war auch die nagende Angst vor dem, was sie in Caisra erwartete.

Immer wieder mußte sie sich ausruhen, legte sich in den Schatten einer Pinie, stillte Aivas. Da faßte sie einmal, fast wie zufällig, an das Säckchen mit dem Stein. Er fühlte sich warm an.

»Deirdre?« Macha horchte in sich hinein, und je länger sie dalag und in das dunkle Geäst über sich starrte, desto ruhiger wurde sie.

»Mein Söhnchen«, sagte sie mehr zu sich selbst als zu Aivas, »ich hab keine Angst mehr. Ich habe jetzt dich. Ich kann das Dunkle und das Helle benennen. Es heißt Aivas. Aule hat es mir gesagt.«

Räderrollen näherte sich, ein Ochsengefährt, das Holzstämme geladen hatte, kam ihr entgegen. Einmal sah sie von weitem eine riesige Herde von Schweinen, die auf den Feldern jenseits der Straße grunzend und schnaubend einherzogen. Mittendrin ging ein Hirte. Er blies ab und zu in ein gebogenes Rohr, das seltsam klagende Töne von sich gab.

Die Hitze lag schon in den frühen Morgenstunden flimmernd über den Hügeln. Auf den Feldern wurde in großer Eile das Getreide eingebracht, denn man befürchtete, daß gegen Abend wieder Gewitter niedergehen würden. Mächtige dunkle Wolken ballten sich jetzt über dem Meer.

In der Abenddämmerung erhoben sich vor Macha die Umrisse der Stadt. Sie schlüpfte durch das Stadttor, gerade bevor es geschlossen wurde. Doch als sie über den Vorplatz zum Haus eilte, blieb ihr Herz für einen Augenblick stehen. Das erste, was sie sah, waren die Eibenzweige, die mit einem Kupferdraht auf dem breiten Türsturz befestigt waren. Sie waren frisch geschnitten, wie Korallen glänzten die roten Beeren im Abendlicht.

Laris. Laris war tot. Gut, also gut. Wenigstens war jetzt endlich diese schreckliche Ungewißheit zu Ende.

Macha holte tief Atem. Sie ging ohne zu zögern zur Tür und ließ den schweren bronzenen Türklopfer dreimal niedersausen. In einem Nachbarhaus schlug ein Hund an.

Es dauerte lange, viel zu lange, bis endlich jemand den Riegel zurückschob und ein Türflügel sich öffnete. Der Sklave, der aus dem Halbdunkel trat, schaute Macha erst mißbilligend an, dann schüttelte er plötzlich den Kopf und verschwand mit dem Ausruf höchster Erregung im Haus. Macha folgte ihm. Sie hörte schnelle Schritte von den Nebenkammern her, und dann stand Tanchvil vor ihr und schaute sie an, als sei sie eben vom Himmel gefallen.

»Macha?« Tanchvil wich zu der Säule zurück, die hinter ihr war. »Bist du es wirklich?«

Ungläubig trat sie auf Macha zu und berührte sie am Arm. Ihre Augen waren von dunklen Ringen umschattet, die Haare zerzaust, um ihre Schultern hatte sie unordentlich ein Wolltuch geschlungen. Ihre Gesichtszüge waren wie zu Stein erstarrt. Wortlos schauten sich die beiden an.

Macha wagte nicht, nach Laris zu fragen. Nach einigem Zögern legte sie das Kind in Tanchvils Arme.

»Aivas, dein Enkel.«

Da begann die Frau lautlos zu weinen, unaufhaltsam liefen ihr die Tränen über die Wangen.

»Den Göttern sei gedankt«, sagte sie endlich leise, »den Göttern sei gedankt! Aivas! Ein Geschenk bist du! In all dem Unglück ein Geschenk! Macha ... Wir haben nicht mehr an deine Rückkehr geglaubt, wir dachten ...«

»Laris – ist er tot?« Machas Stimme zitterte, sie mußte sich beherrschen, nicht zu schreien.

»Laris?« Tanchvil schluchzte auf. »Laris war hier! Er kam aus Ruma, er war verletzt ... Ohne Pferd und Wagen ist er gekommen, er dachte, du seist hier, dann ist er wieder weggegangen, um dich zu suchen. Er sagte, er werde nicht zurückkehren, ehe er dich gefunden habe.«

Da schrie Macha. »Wann war er hier? Und wer ist gestorben, wer? Die Eibenzweige! Tanchvil ...?«

Tanchvil wandte sich ab.

»Vor einigen Tagen. Die Eibenzweige ... Es ... es war ... Thana ...« murmelte sie, ihre Stimme brach, weinend ließ sie sich, noch immer das Kind im Arm, auf eine Liege gleiten.

Macha glaubte, ihr Herz werde jeden Augenblick zerspringen, so groß war der Schmerz. Sollte sie Erleichterung darüber empfinden, daß die Trauer im Haus nicht Laris galt? Sie heulte auf, gleichzeitig begann Aivas zu wimmern.

»Wieso?!« schrie Macha. »Was war mit Thana?«

»Der Husten...« sagte Tanchvil matt. »In den Tagen nach eurer Abreise, da hat sie ununterbrochen Blut gespuckt. Niemand konnte etwas für sie tun. Sie hat die große Reise angetreten. Macha! Das Unglück ist über mein Haus hereingebrochen.«

Im Halbdunkel des Raumes, in dem sich allmählich das Tageslicht auflöste, war eine kleine Gestalt in einem hellen Hemdchen erschienen. Stumm und bleich stand Lethe unter der Tür.

»Mein Fröschchen!« rief Macha, und das Kind stürzte sich weinend in ihre Arme.

Träge und zähflüssig schleppte sich der Sommer dahin. Die Zeit war eine Schnur, auf der die ereignislosen Tage wie matte Perlen aneinander gefügt waren, ohne Anfang und Ende, bewegungslos zwischen die Horizonte gespannt. Die Luft stand flimmernd über der Küste, es war heiß, in der Erde begannen Risse aufzuklaffen. Manchmal war von weither ein Ton zu hören, der wie das Weinen eines Kindes klang und in den Hügeln widerhallte.

Macha war hin und her gerissen zwischen Hoffnung und Verzweiflung. Was sollte sie tun? Hier sitzen und warten? Sie hielt es fast nicht aus. Die Ungewißheit machte sie krank. Da hockte sie, vollkommen gelähmt und unfähig, irgend etwas zu tun, und wartete. Worauf? Wo war Laris? Laris würde nicht zurückkommen, wenn er sie nicht gefunden hatte, und er konnte sie nicht finden, weil sie hier in Caisra war.

Tanchvil ging wie ein Schatten ihrer selbst durch die Räume. Wenn Macha sie fragte: »Tanchvil, was soll ich bloß tun?« – und das fragte sie jeden Tag –, dann schüttelte die Frau nur stumm den Kopf. Sie stellte neue Stiefelchen und Honigpasteten für Aule bereit, doch gleich darauf schien sie die Angelegenheit wieder vergessen zu haben, die Sachen standen tagelang unbeachtet dort auf der Truhe und verströmten Traurigkeit.

Das Lächeln auf Ximantres Gesicht war gequält, und Matuna hatte in ihren hellen Momenten nichts anderes im Sinn, als Unmengen von Speisen auftragen zu lassen, die unberührt stehenblieben. Ihr Geist war verwirrt, sie brachte Tage damit zu, ein Stück Leinen zu besticken, um am Abend die ganze Arbeit mit einem kleinen Messerchen wieder aufzutrennen.

Sogar Arim schien traurig zu sein. Meist hockte er mit hängendem Kopf im Schatten einer Mauer und ließ seine Ärmchen im immer gleichen Rhythmus hin und her baumeln. Sein Fell war grau und stumpf geworden.

Macha hielt lange Zwiegespräche mit Aivas, in ihrer eigenen Sprache. Manchmal schaute sie in ihren kleinen runden Bronzespiegel, betastete die Narbe auf der Stirn, sah die dunklen Ringe unter ihren Augen.

Sie dachte an Thana und weinte. Sollte sie zum Grab der Familie Veltsichna gehen und von ihrer Freundin Abschied nehmen? Aber sie schob den Gedanken wieder von sich weg; sie wollte Thana so in Erinnerung behalten, wie sie sie zuletzt gesehen hatte – schön, stolz, und mit dem Glanz der Jugend auf der Stirn.

Das war allerdings nur die halbe Wahrheit. Was, wenn sie draußen Tullia begegnete? Wenn diese erfuhr, daß sie zurückgekommen war mit Aivas, Laris' Sohn?

Hin und wieder tauchte Senia auf. Dann saßen die beiden Freundinnen hinten im schattigen Hof und sprachen von Thana, oder sie schwiegen zusammen, wiegten abwechselnd Aivas in ihren Armen.

Lethe war Machas Trost und Ablenkung. Das Kind war

begeistert von Aivas und bettelte ständig darum, ihn tragen oder die Windeln wechseln zu dürfen. Aber sie hielt den Säugling immer wie eine Puppe unter den Armen, dann pendelte Aivas' Kopf hin und her, er wurde dunkelrot im Gesicht, legte die Fäustchen an die Schläfen und begann zu brüllen.

In der dunklen Kühle des Hauses mußte Macha Lethe von ihrem fernen Land erzählen. Auch die ganze schreckliche Geschichte, die sich in Ruma zugetragen hatte, wollte das kleine Mädchen immer wieder hören.

»Ja«, sagte sie. »In der Stadt hat man auch darüber gesprochen. Sie haben gesagt, in Ruma gibt es jetzt keinen König mehr.«

Einmal fragte sie: »Wo ist Laris hingegangen?«

»Meine kleine Lethe, ich weiß es nicht«, gab Macha zur Antwort. »Wenn ich es wüßte, wäre ich jetzt auch dort, wo er ist.«

Da sagte Lethe plötzlich: »Frag doch den Lauchme!«

Macha schaute das Kind ratlos an. »Wie meinst du das? Was soll ich tun?«

»Zum Lauchme sollst du gehen, ihn um seine Hilfe bitten!«

Einen Augenblick lang mußte Macha nachdenken. Dann hob sie Lethe hoch und küßte sie auf beide Wangen.

»Ja!« rief sie. »Genau! Das ist es, was ich tun muß! Lethe, mein Fröschchen! Ich liebe dich!«

Sie fragte Ximantre, wann der neunte Tag des Monats sei.

»In sieben Tagen«, sagte er.

Sieben Tage! Viel zu lange! Es war Macha, als müßte sie sterben vor Ungeduld. Sie war nervös und zerstreut, stritt mit Lethe, war unnachsichtig mit Aivas, wenn sie nachts aufstehen mußte, um ihn zu stillen, stieß Schalen und Möbel um und merkte nicht, daß sie an einem Morgen ihr Kleid verkehrt herum angezogen hatte.

Am neunten Tag des Monats Hermia verließ Macha frühmorgens das Haus und mischte sich unter die Menge auf dem Marktplatz. Sie hatte ihren Umhang tief in die Stirn gezogen, um nicht erkannt zu werden. Zielstrebig suchte sie den Hof des Palastes auf und näherte sich der Holztribüne. Sie war noch leer – der Lauchme ließ auf sich warten.

Endlich kam er im Gefolge seiner Magistrate und Büttel, stieg auf die Plattform unter dem Baldachin aus Segeltuch und setzte sich auf den mit Elfenbeinschnitzereien verzierten Klappstuhl. Sofort eilten zwei Knaben herbei und begannen, mit großen Bastfächern über seinem Kopf herumzuwedeln.

Macha meldete sich bei einem Diener mit Namen und Anliegen und wartete.

Schon bald brannte die Sonne heiß vom Himmel, der Morgen zog sich in die Länge. Aivas begann zu schwitzen, er war quengelig und wimmerte leise vor sich hin.

Macha versuchte ihn zu beruhigen, wiegte ihn hin und her, tätschelte seinen Rücken. Da hörte sie plötzlich neben sich eine nur allzu bekannte Stimme. Die Härchen auf ihren Armen sträubten sich.

»Jetzt habe ich keinen Laris, und du auch nicht«, flötete Tullia dicht neben Machas Ohr. »Traurig, nicht wahr? Die Götter sorgen für Gerechtigkeit.«

Sie brach in ein schrilles Lachen aus.

Macha war wie gelähmt, sie schaute nicht links und rechts, drückte Aivas an sich.

»Pech für dich!« Tullia kicherte, aber ihre Stimme war unsicher. »Jetzt sind wir beide wieder gleich weit ...«

Machas Herz hämmerte. Sie zögerte einen Augenblick, blickte starr geradeaus. Dann atmete sie tief durch und sagte leise: »Nein, wir sind nicht gleich weit. Ich werde Laris finden. Und ich habe sein Kind, ich, ich, nicht du.«

Das Weinen des Kindes steigerte sich zu einem Brüllen, das den ganzen Platz erfüllte.

Tullia streckte ihre Hand aus und schob das Tuch über Aivas zur Seite, um das Gesicht des Kindes zu sehen. Angewidert wandte sie sich ab und verzog das Gesicht.

»Dieser Wurm ...« zischte sie. »Noch nie im Leben habe ich ein so häßliches Kind gesehen. Aber da konnte ja nichts Gutes herauskommen.«

Sie gab Macha einen Stoß und entfernte sich mit erhobenem Kopf, ohne sich noch einmal umzusehen.

Macha zitterte am ganzen Körper. Sie wandte sich um und sah Tullia nach, wie sie mit hochgezogenen Schultern über den Platz ging. Da hörte sie die laute Stimme eines Dieners.

»Die Frau mit dem Kind soll kommen!«

Macha schaute sich um. Offenbar war sie gemeint, denn es gab hier kein anderes Kind. Und so stieg sie mit gesenktem Kopf und klopfendem Herzen auf die Plattform. Sie spürte den angenehmen Luftzug der Fächer auf ihren Wangen.

»Wie heißt dein Kind?« Die Stimme des Königs flatterte.

»Aivas, o Lauchme.« Macha mußte laut sprechen, um das Kindergebrüll zu übertönen.

»Aivas. Ein hübsches Kind. Du hast einen großen Kummer«, sagte der Mann. »Ich sehe es deinen Augen an.«

Er saß etwas erhöht auf einem Podest, hinter ihm standen die Würdenträger mit der Doppelaxt und den Stäben. Das Purpurrot seiner Toga spannte sich über dem dicken

Bauch. Macha versuchte, ihren Blick auf den hochgebogenen Schuhspitzen des Lauchme ruhen zu lassen, aber das war nicht einfach, denn der eine königliche Fuß wippte ständig auf und ab.

Was ihr Anliegen sei, wollte der König wissen.

»Hochwürdiger Lauchme«, flüsterte Macha atemlos. »Ich suche Laris, und er sucht mich. Er ist der Vater dieses Kindes, wir haben uns in Ruma verloren.«

Der Fuß des Lauchme mit dem spitzen Schuh hielt inne und blieb bewegungslos in der Luft stehen. Laris – ob das nicht derjenige sei, den man ab und zu mit einem Äffchen sehe?

»Ja, o Lauchme, genau der.« Macha hob den Kopf. Auf der Stirn des Mannes standen Schweißtropfen, sein Spitzbart zitterte leise. Der Lauchme, fand Macha, sah schlecht aus.

Tränen schossen ihr in die Augen.

Der König neigte sich zu ihr hinunter. »Du warst in Ruma, in jener Nacht? Das interessiert mich.«

Macha mußte ganz genau erzählen, was sich damals zugetragen hatte, und der Lauchme hörte mit düsterem Gesicht aufmerksam zu.

Als sie aufblickte, sah sie die Angst in seinen Augen. Ja, der Lauchme hatte Angst.

»Ruma ... Schlimmes widerfährt dem Volk der Rasna. Wer weiß, ob nicht auch bald meine Zeit abgelaufen ist.« Er seufzte. »Und jetzt suchst du Laris«, sagte er zerstreut. »Ich weiß nichts von ihm. Aber der Augur wird die Zeichen der Götter befragen. Hab Geduld.«

Der Lauchme stöhnte und befahl, man möge ihm Wasser bringen.

»Es ist zu heiß heute«, murmelte er, »wie kann man nur Audienz halten bei dieser Hitze. Geh jetzt«, fügte er zu

Macha gewandt hinzu. »Du wirst eine Botschaft erhalten.«

Er berührte sachte Aivas' Fäustchen. Das Kind packte den Finger des Lauchme und wollte ihn in den Mund schieben. Der König lächelte und zog die Hand weg.

Macha zögerte. »Da ist noch etwas, Lauchme. Velthur aus dem Quartier Suburana in Ruma hat mir geholfen. Ohne ihn wäre ich verloren gewesen. Ich bitte Euch, ihn unter Euren Schutz zu nehmen, sollte er je in Not sein.«

Der Lauchme nickte. »Ich habe deine Bitte gehört. Geh jetzt.« Und schon winkte er den nächsten Wartenden zu sich.

Dies waren die Worte, die man ihr einige Tage später mitteilte: »Der Vogel wendet seinen Flug zum Hellen Teil des Kreises und ruht, wenn Licht und Dunkel sich aufheben. Zieh mit ihm, sobald der Mond sich gefüllt hat. Es ist der Plan der Verhüllten Namenlosen.«

Macha hätte schreien können, weinen, sich die Haare raufen. Sie hatte gehofft, etwas von Laris zu erfahren, und jetzt das! Was um alles in der Welt sollte das bedeuten? Nichts als Rätsel!

Sie war wütend und unentschlossen. Sollte sie Tanchvil fragen?

»Der ›Helle Teil des Kreises‹! Wie soll ich wissen, was damit gemeint ist!« murmelte sie, als sie Aivas die Windeln wechselte. »Weißt du es, Aivas? Weißt du etwa, wo der ›Helle Teil des Kreises‹ ist?« Sie sprach die Worte in gehässigem Ton aus.

»Ich weiß es«, sagte da Lethe, die eben zur Tür hereinkam, eine Taube in den Händen. »Schau«, sie hielt den Vogel dicht über Aivas' Gesicht, »die arme Taube hat den Flügel gebrochen.«

»Was hast du da eben gesagt, Lethe?«

Macha hob das Kind empor, setzte es neben Aivas auf die Truhe und schaute ihm fest in die Augen.

»Ich meine, der Helle Teil, ich weiß, wo der ist. Er ist im Norden, im nördlichen Abschnitt des Himmelskreises, dort wo es hell und klar ist! Dort wohnen die Himmlischen Gottheiten.«

»Wie meinst du das, Lethe? Bist du sicher?«

»Aber ja! Frag Ximantre! Das weiß man doch! Jeder weiß das!« rief Lethe vergnügt und wollte davoneilen. Doch plötzlich blieb sie stehen.

»Ich will nicht, daß du weggehst, Macha«, sagte sie. Ihre Stimme zitterte, sie drückte ihr Gesicht in das Gefieder des Vogels. Dann rannte sie aus der Kammer, ohne sich umzusehen.

Macha stand wie gelähmt. Nach Norden sollte sie gehen, dem Vogel folgen! Plötzlich war ihr alles klar. Der Vogel! Ihr Vogel würde sie begleiten! Wie hatte sie nur so blind sein können! Wenn Licht und Dunkel sich aufheben – damit konnte nur die Herbst-Tagundnachtgleiche gemeint sein!

Was hatte das zu bedeuten? Lange mußte Macha darüber nachdenken, bis sie endlich begriffen hatte: Sie mußte aufbrechen, sobald der Mond voll war, nach Norden, wo immer der Weg sie auch hinführen würde. Ihr Ziel war es, Laris zu finden, und wenn sie dafür nach Norden gehen sollte, dann mußte das seinen Sinn haben. Wann war Vollmond? Und wann war die Tagundnachtgleiche? Macha begann, Striche in die Wand ihrer Kammer zu ritzen, einen für jeden Tag.

In jener Woche kam der große Regen und mit ihm die erste Herbstkühle. Was sich vorerst als feines Trommeln auf dem Dach angekündigt hatte, wurde innerhalb weniger Stunden zu einer wahren Flut. Es regnete auf Felder und Äcker, die Hügel versanken in bleigrauen Wasserfäden. Der Regen trommelte auf die Hausdächer, rauschte in den dichten Baumkronen. Nach drei Tagen war der Boden des Hofes zu Morast geworden, die Wände des Hauses sogen sich mit Wasser voll, überall bildeten sich dunkle Flecken, auf den Holzbalken begann sich der Schimmelpilz breitzumachen. Die Feuchtigkeit schlug sich auf die Menschen nieder, Aivas' Wimpern hingen voll kleiner Wassertropfen. Macha glaubte zu bemerken, daß sich zwischen seinen Fingerchen Schwimmhäute bildeten.

Der Himmel stürzte sich mit den Wassermassen auf die Erde und löste sich auf.

Macha kratzte unentwegt Striche in die feuchte Lehmwand ihrer Kammer. Wie sollte sie wissen, wann Vollmond war, mit diesem Himmel, der Tag und Nacht ohne Unterschied ein eintöniges Grau war?

Dreimal sieben Striche hatte sie gezogen, als in der Nacht die Wolken aufrissen. Der Mond hing rund und orange leuchtend an einem Pinienast hinter dem Haus.

»Morgen werden wir weggehen, mein Söhnchen«, sagte Macha. »Morgen früh.«

Sie hatte Brot, Käse und Früchte aus der Küche geholt, in das Bündel mit ihren alten Kleidern einige Tücher und Windeln für Aivas geschnürt.

Es blieb ihr jetzt nichts anderes mehr zu tun, als darauf zu vertrauen, daß alles, was vom kommenden Tag an geschehen würde, seine Richtigkeit hatte. Der Priester des Königs hatte die göttliche Vorsehung befragt und ihr, Macha, mitgeteilt, was sie zu tun hatte: Sie mußte in den Norden aufbrechen, was immer das auch hieß. Ihr unbekanntes Ziel war im Plan der Verhüllten Namenlosen festgelegt, im Plan dieser Götter, die die Schicksalsfäden eines jeden Menschen in ihren Händen hielten.

Aber sie, sie allein mußte den Weg unter die Füße nehmen und bei hellem Verstand bleiben, das konnte ihr niemand abnehmen. Und mit dieser Absicht im Herzen wurde ihr leicht zumute.

»Die Striche«, sagte Tanchvil an jenem Abend, »die Striche an deiner Wand, Macha. Du ... wirst uns verlassen, nicht wahr?«

Macha nickte stumm.

»Wohin ...?«

»Nach Norden muß ich. Tanchvil ...«

Die Frau unterbrach sie. »Sag nichts. Der Wille der Götter erfüllt sich. Ich weiß nicht, was sie mit mir und meinem Haus vorhaben. Wenn du gehen mußt, so geh ...« Sie wandte sich weinend ab.

15. Kapitel

Noch war es ruhig in der Stadt. Aivas lächelte im Schlaf; er hatte die Ärmchen weit von sich gestreckt. Macha stahl sich in die Kammer, wo Lethe schlief, und legte ihre alten Hosen zu Füßen des Kindes.

»Leb wohl, mein Fröschchen, ich werde immer an dich denken«, flüsterte sie. »Die Hosen sind für dich, damit du mich nie vergißt.«

Die anderen Sachen – die Bluse, den Umhang – hatte sie verbrannt. Den Kapuzenmantel hingegen nahm sie mit, eine Decke, ein Kleid, ihren Schmuck, den Kamm, den sie von Thana bekommen hatte.

Auf der Truhe in ihrer Kammer lagen die Geschenke, die sie von zu Hause mitgebracht hatte – den silbernen Ring für Tanchvil, die Goldklümpchen, die für den Vater bestimmt gewesen waren. Irgend jemand würde sie eines Tages bemerken.

Sie schlich in die Küche und goß aus einem Eimer frisches Wasser in ihre Lederflasche. Rauchschwaden zogen durch den dunklen Raum, ein Sklave war eben dabei, das Feuer anzublasen.

Als sie den Kopf hob, stand Tanchvil unter der Tür, angezogen und frisch gekämmt. In ihren Armen lag ein blauer Stoff. Sie schauten sich schweigend an.

Macha senkte den Kopf. »Ich gehe jetzt«, sagte sie leise.

»Hier.« Tanchvil faltete den Stoff auseinander und legte ihn Macha über die Schultern. Es war ein federleichter, aus dünnstem Wollfaden gewebter Umhang von dunkelblauer Farbe, mit rostroten Dreiecken an den Borten.

Macha brachte kein Wort hervor.

»Wenn du Laris siehst, sag ihm, sag ihm ...« Tanchvils Stimme erstarb, sie räusperte sich. »Und nimm dies, du wirst es brauchen können.« Sie drückte ihr einen kleinen Lederbeutel in die Hand. »Geh jetzt ... Möge der Segen aller Götter auf dir und deinem Kind ruhen«, und sie küßte Macha auf die Stirn. »Geh jetzt. So wie es ist, ist es gut.«

Macha nickte. »Tanchvil ... Danke. Ich weiß nicht, wie ich es sagen soll, aber ... alles, was zu dir und Laris gehört, und zu deinem Haus, und was hier in Caisra ist, auch die Erinnerung an Thana ... all das ist in Aivas, verstehst du? Aivas ist ein Teil von mir, und so kommt in ihm alles zusammen. Darüber bin ich froh. Und, Tanchvil ... grüße mir Senia. Und sag Aule ... Ja, warte ...«

Sie nestelte unter ihrer Bluse und holte das Säckchen

mit Deirdres Stein hervor. »Ich möchte, daß du das hier Aule gibst, als Geschenk von mir. Ich brauche es nicht mehr.«

Aivas war aufgewacht und weinte.

»Ich werde alles tun, so wie du es mir sagst. Du mußt jetzt gehen.« Tanchvil zupfte an Machas blauem Umhang und knotete ihn vorne auf der Brust zusammen. »Ich habe Ximantre gebeten, er möge dich ein Stück des Weges begleiten. Ich lasse dich nicht gern allein ziehen. Er hat sich nach einem Wagen erkundigt.«

Macha nahm Tanchvils Angebot dankbar an. Aber etwas mußte sie noch fragen. »Tanchvil, sag mir ... Stimmt es, daß helle Augen Unglück bringen?«

Tanchvil runzelte die Stirn und schüttelte den Kopf.

»Nein«, sagte sie, »helle Augen bringen kein Unglück. So ein Unsinn. Wie kommst du nur darauf?« Und sie küßte Macha auf die Stirn. »Geh«, sagte sie, »geh jetzt, mein Kind.«

Draußen stand ein Wagen, ein fremder Mann fütterte das davorgespannte Pferd. Ximantre brachte einen Sack mit Eßvorräten. Macha kletterte auf den Wagen.

Er schüttelte den Kopf. »Macha, Macha«, sagte er. »Das gefällt mir nicht. Wohin gehst du überhaupt? Kommst du wieder?«

»Ich weiß es nicht, Ximantre. Ich suche Laris. Nach Norden muß ich gehen und ruhen, wenn Tag und Nacht sich gleichen. Ich werde mein Ziel finden. Ob ich wiederkommen werde? Wie soll ich das wissen? Ich wünschte, ich wüßte es.«

»Wenn Tag und Nacht sich gleichen ... Das ist bald«, sagte er. »Das ist ... beim abnehmenden Halbmond.« Er zögerte. »Wenn ... wenn du Laris suchst, warum gehst du nicht einfach nach Felsina? Vielleicht ist er dort?«

Macha wollte eben etwas erwidern, als sie ein Kreischen hinter sich hörte. Etwas plumpste auf die Wagenbühne, und plötzlich hockte Arim auf ihrem Schoß und schlug die Ärmchen über dem Kopf zusammen.

»O nein! Arim! Was willst denn du hier!«

Sie hob das Tierchen hoch und wollte es Tanchvil reichen, aber Arim zeterte und klammerte sich an ihrem Rock fest.

Ximantre schüttelte den Kopf. »Er will mit uns kommen.«

»Du meine Güte, auch das noch.« Macha seufzte. »Muß das sein?«

Aber da brachte Tanchvil auch schon ein Säckchen mit Nüssen und getrockneten Kastanien.

»Hier«, sagte sie. »Für Arim. Er will zu Laris.«

Sie reichte Macha das Säckchen, zog ihren Umhang über den Kopf und ließ die Arme sinken. Lethe kam aus dem Haus gerannt, gerade als der Wagen wendete. Und so blieb das Bild von Tanchvils Haus unauslöschlich in Machas Erinnerung eingebrannt: die dunkle Fassade mit den bunten Stirnziegeln, den rot glänzenden Eibenbeeren, davor die Frau mit dem Kind an ihrer Seite, das die Hand hob, sie einen Augenblick lang unbeweglich in der Luft verharren ließ und dann langsam wieder senkte.

Die Reise verlief ohne Zwischenfälle. Das Äffchen schien munterer als in all den vergangenen Wochen. Es interessierte sich sehr für Aivas. Wenn das Kind auf einer Decke hinten im Wagen lag, hockte das Tier sich daneben und betrachtete aufmerksam dieses Wesen, das beinahe so klein war wie es selbst. Wurde Aivas unruhig und Macha bemerkte es nicht gleich, dann hüpfte Arim zu ihr hin und zupfte sie besorgt am Ärmel.

Ximantre war liebenswürdig wie immer, ab und zu kam sogar eine lustige und unbeschwerte Stimmung auf. Er herzte hin und wieder Aivas, nahm ihn aber nie in die Arme. Immer wenn das Kind nach seinen dunklen Haaren grapschte, warf er den Kopf zurück und lachte. Ab und zu berührte er Macha, zaghaft und flüchtig, als ob er fürchtete, er könne ihr weh tun. Macha mußte sich eingestehen, daß er ihr gefiel. Sie mochte es, wenn sie hinten im Wagen nebeneinander hockten und sie die Wärme seines Körpers neben sich spürte.

Nach vier Tagen stießen sie kurz hinter einer kleinen Ortschaft auf eine Gruppe von Händlern, die in Begleitung einiger Bewaffneter abseits der Straße rasteten, um die Lasttiere zu versorgen. Ximantre fragte den Anführer nach ihrem Weg.

»Wir wollen über die apenninischen Berge«, sagte der, ein großgewachsener bärtiger Mann, »und weiter, bis zur Ostküste. Einige von uns gehen nach Felsina.«

Macha horchte auf.

Ob sie die junge Frau mit dem Kind hier mitnehmen könnten? Ximantre verhandelte kurz mit den Männern, dann sagte er zu Macha: »Du kannst dich ihnen anschließen. Bevor ihr euch trennt, sollst du bezahlen. Gib ihm drei Silberlinge. Und mach dir keine Sorgen. Sie werden dir nichts anhaben.«

Er hob Machas Bündel und den Sack mit den Eßwaren vom Wagen.

»Du kehrst hier um?« Machas Stimme zitterte.

Ximantre nickte. »Ja. Es ist besser so. Weiter oben ist die Straße nicht mehr befahrbar. Der Wagenlenker muß wieder nach Caisra zurück. Aber so weiß ich dich wenigstens in guten Händen. Lebe wohl, Macha. Die Götter mögen sich schützend über dich neigen.«

Er küßte sie scheu auf die Stirn und fuhr ihr unbeholfen übers Haar.

Macha berührte seine Wange mit dem Handrücken. »Lebe wohl, Ximantre«, sagte sie. »Danke für alles. Ich werde dich in meinem Herzen tragen.«

Mehr war nicht zu sagen.

Sie brachen auf. Der Mann, der das Saumpferd führte, auf dem Macha saß, wandte sich immer wieder um und schaute sie neugierig an. Er war nicht mehr jung, das sonnengegerbte Gesicht verriet sein Alter.

»Dieser Affe hier«, sagte er plötzlich und zeigte auf Arim, der an einer Kastanie knabberte. »Gehört er dir?«

Macha nickte. »Ja. Das heißt, nein, nicht mir, er gehört Laris, aber er ...«

»Laris aus Caisra, der in Felsina lebt, nicht wahr? Ich kenne ihn, er ist ein Freund. Ich bin ihm oft in Felsina begegnet, immer war dieser Affe bei ihm. Wo ist er? Wer bist du?«

Da erzählte Macha dem Mann, der aufmerksam zuhörte, ihre Geschichte.

Als sie geendet hatte, sagte er: »Du stehst unter meinem Schutz. Hab keine Angst. Ich werde dafür sorgen, daß du heil über die Berge kommst. Wohin willst du eigentlich?«

»Ich weiß es nicht«, sagte Macha. »Und ihr? Wohin geht ihr? Nach Felsina?«

Der Mann nickte. »Ja. Einige von uns ziehen zur Ostküste, zur Mündung des Eridanos, die andern nach Felsina.«

»Eridanos? Dann kommen wir zum Eridanos?«

»Ja, wohin sollten wir denn sonst kommen, wenn wir über den Apennin gehen?«

Macha hatte eine vage Erinnerung daran, daß Laris ihr

einmal etwas vom Eridanos erzählt hatte, damals, als er hinter ihrem Haus die wirren Striche in den Boden gezeichnet hatte.

»Und Felsina?« fragte sie.

»Felsina? Das ist mehr im Westen, noch zwei Tagesreisen, wenn wir den Fuß der Berge erreicht haben.«

Macha überlegte verzweifelt. Zwei Tagesreisen. Die Tagundnachtgleiche jedenfalls war bald, der Mond war auf der einen Seite schon ganz flach geworden.

Der Mann hielt Wort. Er wachte eifersüchtig über ihr Wohlbefinden, breitete für sie die Decke am nächtlichen Lagerfeuer aus, teilte mit ihr Brot und Wein, holte Wasser, wenn sie Aivas waschen wollte. Kam ihr einer der Männer zu nahe oder ließ eine anstößige Bemerkung fallen, dann wurde er beinahe handgreiflich.

»Laß sie in Ruhe!« rief er dann. »Sie ist Laris' Frau, und Laris ist mein Freund!«

Der Weg wurde beschwerlich. Ab und zu konnte Macha auf einem der Saumtiere reiten, aber meist ging sie, wie alle andern auch, zu Fuß. Nachts fror sie trotz der Nähe des Feuers, und sie war froh um die Decke und um den wollenen Umhang von Tanchvil. Sie hörte die Wölfe heulen, manchmal nah, manchmal in der Ferne.

Vier Tage lang waren sie in den Bergen unterwegs. Mit jeder Nacht wurde der Mond ein wenig schmaler, und mit jeder Nacht wurde Macha unruhiger. Wo war ihr Ziel? Und wo um alles in der Welt war Laris? Was der Priester in Caisra gesagt hatte – war das wirklich so gemeint gewesen? Das mit dem ›Hellen Teil des Kreises‹? Warum nur war sie so sicher gewesen, daß Lethe recht hatte?

Am Tag des Halbmonds erreichten sie den Saum der Berge.

»Der Eridanos«, sagte der Alte, »dort«, und er zeigte nach Norden.

An einer Weggabelung hielt der Troß. Vor ihnen öffnete sich eine weite, von Pappeln und Weiden bestandene Ebene.

»Hier trennen sich unsere Wege«, sagte der Anführer. »Wir werden von hier aus zur Küste weiterziehen. Die anderen folgen der Straße nach Felsina. Und du? Was wirst du tun? Du mußt jetzt bezahlen.«

Macha schüttelte den Kopf. »Ich weiß nicht ...«

Ratlos klaubte sie drei der Silberplättchen aus dem Lederbeutel, den ihr Tanchvil beim Abschied gegeben hatte, und streckte sie dem Mann mit einem fragenden Blick hin.

Der Mann zögerte. »Gib mir noch zwei. Dann ist es gut.«

Der Alte, der sich um Macha gekümmert hatte, schüttelte unwillig den Kopf. »Das reicht!« rief er. »Drei waren vereinbart!« Und zu Macha gewandt sagte er: »Komm mit uns. Ich gehe mit meinen Kameraden nach Felsina. In zwei Tagen sind wir dort. Was willst du hier? Hier, hier ist ... nichts.« Er schaute sich um und zeigte hilflos über die Ebene.

Macha zögerte. Sie überlegte fieberhaft. Sie hatte ihr Ziel erreicht – heute war Tagundnachtgleiche. Aber war das der Ort, an dem sie bleiben sollte? Hatten das die Götter für sie vorgesehen? Sie war verzweifelt, unentschlossen.

»Ich weiß nicht ...«

Der Alte schüttelte den Kopf. »Junge Frau, du mußt es selbst wissen. Wir jedenfalls gehen jetzt. Entscheide dich. Und wenn du Laris siehst, sag ihm Grüße von Luces.«

Die Männer verabschiedeten sich voneinander, die

eine Gruppe brach nach Nordosten auf, zur Küste, die andere nach Nordwesten, Richtung Felsina.

»Kommst du jetzt mit uns?« Der Alte winkte.

Macha war gelähmt. Sie wußte nicht, was tun, stand dort, mit hängenden Schultern, Aivas an sich gedrückt, das Äffchen auf dem Rücken, und schaute den beiden davonziehenden Trossen nach. Das Bündel lag neben ihr.

»Luces, so warte doch!« Ihr Schrei verhallte ungehört.

Macha war allein. Verzweiflung überkam sie. Sie hockte sich etwas abseits der Straße hinter einen Baum.

»Aivas«, sagte sie und hob ihn hoch. Genau hinter seinem Kopf stand die Sonne am Himmel. Eine flimmernde weiße Linie zeichnete die dunklen Konturen des Kindes gegen das helle, von Wolken durchzogene Blau ab.

»Aivas, so kann das doch nicht gemeint gewesen sein«, sagte sie. »Weißt du was? Ich habe genug, verstehst du? Mir reicht's.«

Bis ans Ende der Welt, dachte sie. Ja, wenn sie mit Laris bis ans Ende der Welt gehen würde, dann war das Ende hier, unter dieser Silberweide. Sie konnte nicht mehr.

Der Affe machte sich an ihrem Bündel zu schaffen.

»Arim, hör auf!« schrie Macha und schlug dem Tierchen auf die Finger. Arim bleckte die Zähne, und Aivas erschrak und begann zu weinen.

»Oh!« Sie legte das Kind auf den Boden, stand auf und begann erregt hin und her zu gehen.

»Hier«, sagte sie, blieb stehen, schaute sich um. »Hier bin ich. Dort sind diese ... diese Berge, wo wir hergekommen sind.« Sie drehte sich gegen Süden. »Dort soll die Küste sein – zur Ostküste gehen sie, ja, das haben sie gesagt.« Sie wandte sich nach Osten. Ja genau, dort war auch dieser untrügliche Dunst.

»Ha!« Jetzt sollte die Küste im Osten sein. Die Sonne war aber doch immer hinter dem Meer unter- und nicht aufgegangen! Macha konnte es nicht fassen.

Wieder drehte sie sich auf den Fersen, gerade so viel, wie der vierte Teil eines Kreises ausmachte, und blickte hilflos gegen Norden.

»Dort«, murmelte sie, »soll dieser Fluß sein, der Eridanos heißt.«

Sie hatte endgültig genug. Es konnte für sie nur noch ein Ziel geben: Felsina. Wenn Laris nicht dort war, dann wußte sie auch nicht mehr weiter. Worauf hatte sie sich da bloß eingelassen?

Eben wollte sie sich mutlos wieder hinhocken, als sie plötzlich den Atem anhielt. Weit weg, ganz in der Ferne und von den weißen Wolkenbändern am Horizont kaum zu unterscheiden, blinkte etwas, das wie Bergspitzen aussah. Es mußten hohe Berge sein, denn das Helle, Gleißende zuoberst war Schnee.

Macha spürte ihr Herz bis zum Hals klopfen. Sollten das... waren das die hohen Berge, die ihr Land, ihr Zuhause von der Ebene des Eridanos trennten?

Sie legte sich auf den Rücken, schob das Bündel unter ihren Kopf, legte den Arm um Aivas und dachte angestrengt nach. Wie war denn das gewesen, damals? Sie waren über die Berge gegangen und dann nach Massilia gekommen... Sie hätten nach Felsina gehen wollen, waren aber statt dessen in Caisra gelandet. Sie hatte Laris verloren und Danuth gefunden, und schließlich war sie nach Westen gegangen, um zur Küste zu gelangen. Und jetzt war das Meer im Osten.

Das war alles zuviel für sie, zu anstrengend. Gab es überhaupt etwas in diesem Land, auf das man sich verlassen konnte? War es in der Absicht der Götter, daß sie immer unterwegs sein sollte? Stets nur ungestellte Fragen beantworten mußte? Sie schloß erschöpft die Augen.

Tropfen auf ihrem Gesicht weckten sie. Der Himmel war wolkenverhangen, es regnete in Strömen.

»Bei allen Göttern, bei der Sonne, den Sternen und bei zwei Monden, von mir aus«, sagte sie zu sich und seufzte. »Auch das noch.«

Hastig rollte sie ihren Mantel aus dem Bündel, band Aivas in sein Tuch, zog den Umhang darüber.

»Komm, Arim«, rief sie. Das Äffchen hüpfte auf ihre Schulter. Eben wollte sie sich auf den Weg machen, als sie aus der Ferne Stimmen und Pferdegewieher hörte.

»Verflucht noch mal.« Sie zog die Kapuze tief in die Stirn und duckte sich hinter einen Haselbusch.

Die Stimmen kamen näher, einige Augenblicke später zogen sechs Reiter vorbei, sie hatten ihre übergeschlagenen Filzmäntel tief in die Stirn gezogen, in der Mitte war ein Wagen. Fast erlag sie der Versuchung, zu rufen, darum zu bitten, mitfahren zu können. Aber sie ließ die Idee gleich wieder fallen – sie wußte ja nicht, was das für Leute waren. Der Troß zog langsam vorbei, Macha hörte das schmatzende Geräusch der Pferdehufe im Morast; langsam verklang das Knarren der Räder in der Ferne. Sie stapfte auf die Straße hinaus.

Plötzlich war Arim verschwunden. Wo steckte das Tier nur wieder? Hätte sie den Affen doch bloß in Caisra gelassen, er war ihr lästig. Aber da kam er schon zurück. Er zeterte, schrie und bleckte die Zähne.

»Sei ruhig, Arim, ich will nicht, daß man uns hier bemerkt. Hast du gehört? Du sollst still sein!«

Das Äffchen machte ein paar Sätze, blieb unschlüssig stehen, schlenkerte die Arme, sprang auf Machas Schulter und kreischte ohne Unterlaß. Es roch nach nassem Fell.

»Jetzt sei doch endlich ruhig, du blödes Biest! Du bist widerlich!« schrie Macha und stieß ihn unsanft von ihrer Schulter.

Da bemerkte sie, daß der Troß, keine hundert Schritte vor ihr, Halt gemacht hatte, daß sich einer der Reiter aus der Gruppe gelöst hatte und sein Tier den Weg zurück lenkte. Macha blieb stehen.

Ihr Herz begann heftig zu klopfen. Sie schlug die Hand auf den Mund, machte einige Schritte nach vorne, sah, wie Arim zu dem Reiter hüpfte und behende auf den Rücken des Pferdes kletterte. Der Mann legte die Zügel in die eine Hand, schwang sich auf den Boden, warf die Riemen auf die Felldecke, zögerte und kam langsam auf Macha zu. Sie sah, daß er hinkte.

Langsam schob er die Kapuze des Filzumhangs nach hinten, das nasse Haar fiel ihm in die Stirn.

Das war nicht möglich, das konnte nicht sein, das war...

Macha schrie, und dann ließ sie ihr Bündel zu Boden gleiten und begann loszurennen, aber das ging nicht gut, mit Aivas vor sich im Tuch. Beinahe wäre sie gestolpert, aber da waren zwei Arme, die sie so fest hielten, als wollten sie sie nie wieder loslassen, und da war dieser vertraute Geruch, und der Geruch gehörte zu Laris.

»Du sollst mir nicht weglaufen«, murmelte er, »nie, nie wieder, verstehst du?«

Macha weinte und lachte und weinte, die ganze schreckliche Zeit, die hinter ihr lag, weinte sie aus sich hinaus, alles Traurige und Schmerzende war vergessen. Es war ihr einerlei, wo das Meer war, ob hier oder dort, unten oder oben, ja genausogut hätte es oben sein können, der Himmel stürzte ohnehin über ihr zusammen. Aber da begann Aivas zu wimmern, denn er bekam unter dem Mantel keine Luft mehr. Macha öffnete den Umhang und legte das Kind Laris in die Arme.

»Dein Sohn, Aivas ... geboren in Aurinia.«

Aivas war einen Augenblick still. Er riß die Augen auf, schaute Laris ins Gesicht, verzog den Mund und begann loszubrüllen.

Gegen Abend ließ der Regen nach, die Wolken wurden vom Wind weggefegt. Der Troß übernachtete im Schutz einer mächtigen Eiche, Macha hatte Aivas im Wagen auf eine Felldecke gebettet. Ein großer Himmel wölbte sich über der Ebene, die im Osten so weit wurde, daß man die Küste erahnen konnte. Aber kein Himmel, keine Ebene, kein Meer hätte genug Raum geben können, um das Glück zu fassen, das Macha und Laris in dieser sternenübersäten Nacht bewegte. Erst als die Morgennebel aus der Ebene stiegen, schliefen die beiden ein, geborgen im Plan der Verhüllten Namenlosen Götter.

Laris' Weggefährten wunderten sich sehr über diese junge Frau mit dem Kind, die so plötzlich wie aus dem Nichts aufgetaucht war. Aber Macha kümmerte sich nicht um die anderen Männer. Es gab so viel zu erzählen und so viel zu hören, während sie das letzte Wegstück nach Felsina zurücklegten. Sie saß auf Laris' Pferd, Aivas in den Armen oder vor sich zwischen den Beinen, während er selbst hinkend daneben ging, die Zügel in der Hand. Vor ihnen fuhr der Wagen, Arim hatte sich neben den Lenker gehockt.

Es war eine wirre Geschichte, die Macha von Laris vernahm, er schien selbst nicht recht zu wissen, was geschehen war. Irgend jemand hatte ihn an jenem Morgen in Ruma bewußtlos gefunden und in das Haus des Velches gebracht, wo er tagelang unansprechbar lag und gepflegt wurde. Man schiente ihm das gebrochene Bein. Das Pferd war samt dem Wagen durchgebrannt, beides blieb unauffindbar. »Ich war verzweifelt, als ich nach Caisra zurückkam«, sagte er. »Thana, die plötzlich nicht mehr da war, und meine Mutter in ihrer großen Traurigkeit. Es hat mir fast das Herz gebrochen. Und keine Spur von dir. Ich war außer mir, Macha. Du hättest längst in Caisra sein müssen. Ich glaubte . . . ich befürchtete das Schlimmste. Vor allem, weil ja in Ruma jetzt neue Machthaber am Werk sind – wer weiß, was da für eine Saat gesät wird. Es ist ein Unglück für unser Volk, das ist es . . .«

Was Laris später über Machas Verbleiben erfahren hatte, war völlig wirr und widersprüchlich. Von Veii hatte jemand etwas gesagt, ein anderer wollte eine rothaarige schwangere Frau in Ruma gesehen haben, ein dritter meinte, irgendwer habe eine junge Helläugige mit nach Norden genommen. Laris verfolgte Machas Spuren, die sich in Volsinii verloren.

»Was sollte ich tun? Ich folgte einer Eingebung. Ich bin einfach weitergezogen, Richtung Felsina.«

Und dann erzählte Macha von ihren Erlebnissen, von Aurinia, von Danuth, von Caitle und dem alten Aivas.

»Daß du Danuth gefunden hast!« rief er erstaunt. »Macha! Das ist unmöglich!«

»Und dann . . .« Macha sprach schnell und heftig. »Laris, bevor ich nach Caisra zurückging, war ich im Tempel in Pyrgi. Dort traf ich Aule, und wir haben gesprochen, ja, es war das erste Mal, daß wir miteinander gesprochen haben! Aule sagte: ›Aivas ist hell und dunkel . . .‹ Und da war mir, als fiele etwas von mir ab. Vorher, wie soll ich das sagen . . . Ich fürchtete mich die ganze Zeit vor den vielen Dingen, die ich nicht verstand. Manchmal hatte ich so sehr Angst, daß ich nicht sprechen konnte. Aber jetzt ist es anders.«

Das Pferd warf unruhig den Kopf nach hinten.

»He!« rief Laris und zerrte an den Zügeln. »Ruhig, Alter! Was ist anders?« fragte er.

Sie klammerte sich an die Felldecke, die über dem Pferderücken lag, und hielt Aivas fest. Sie waren aus einem lichten Wald auf eine Ebene gelangt.

»Ich ... ich habe keine Angst mehr«, sagte sie. »Das Dunkle und das Helle von dir und von mir ist in Aivas, verstehst du? Es hat etwas mit Aivas zu tun.« Macha suchte nach Worten. »Er ... er ist ein Teil von mir, aber er ist auch Rasna. Und den Aivas, der beides ist ... ja, den kann ich anschauen und in den Armen halten, ich kann ihn riechen und auf den Bauch küssen, und dann habe ich keine Angst mehr. Verstehst du?«

»Ich weiß nicht, ob ich es verstehe. Manchmal hast du eigenartige Ideen. Aber wenn du keine Angst mehr hast, dann ist es gut.« Laris schaute sie nachdenklich an. »Weißt du, Macha, es gibt auch bei euch Dinge, die dunkel sind und schrecklich und die ich nicht begreifen kann. In jener Nacht, als Deirdre mich demütigte, da bin ich fast gestorben vor Angst.«

»Ich weiß.« Sie kicherte. »Aber das war ja doch auch wieder gut, sonst hätte ich vielleicht nie gemerkt, wie sehr ich in dich verliebt war!«

Immer wieder kam ihnen etwas in den Sinn, das sie vergessen hatten, immer wieder unterbrach Macha Laris mit ihren erstaunten Rufen. Sie vergaß darüber die Zeit, und als Laris rief: »Schau, Felsina! Wir sind bald dort!«, konnte sie es kaum fassen. Tatsächlich – in der Ferne waren die Umrisse einer Stadt aufgetaucht.

Das also sollte jetzt Felsina sein! Felsina! Wie oft hatte sie den Namen gehört und sich wer weiß was darunter vorgestellt! Eine einzige große Baustelle war es! Macha hatte erwartet, eine Stadt wie Caisra anzutreffen, aber hier schien alles im Umbruch, überall wurde gebaut, Menschen verschiedener Sprache bevölkerten die Straßen und Plätze.

In all ihrer Seligkeit, wieder mit Laris zusammenzusein, fühlte sie sich doch unglücklich. Sollte das jetzt ihr Ziel sein? Nein, hier wollte sie nicht bleiben. Und überhaupt – wie sollte es weitergehen? Was hatte Laris im Sinn? Und dazu noch bewohnten sie eine schäbige Kammer im Haus eines entfernten Verwandten von Laris, dessen Familie so zahlreich war, daß Macha noch nach Wochen nicht verstand, wer nun eigentlich zu wem gehörte. Es gab keine gemeinsamen Essen. Wer hungrig war, schöpfte sich Suppe oder Brei aus einem der großen Kessel, die in der Küche über dem Feuer hingen. Mit Wehmut erinnerte sich Macha an die Behaglichkeit von Tanchvils Haus. Und immer wieder zog es sie vor die Stadt, dorthin, wo man an klaren Tagen in der Ferne die schneebedeckten Spitzen der hohen Berge sah.

Aber sie konnte jetzt unmöglich mit Laris über solche Dinge sprechen. War es nicht schon ein großes Glück, daß sie sich wieder gefunden hatten?

Der Spätherbst kam, es wurde kalt und unfreundlich. Überall hockte die Feuchtigkeit, in den Mauern, in den Haaren, in den Kleidern. Der Atem blieb als kleine Wolke im Raum stehen, und es gab Tage, an denen draußen der Nebel so dick über der Landschaft lag, daß man keine zehn Schritte weit sehen konnte. Die Lichterfüllten, dachte Macha, in Caisra ist jetzt die Zeit der lichterfüllten Tage.

Manchmal trug der Wind, der von der fernen Küste her kam, einen tranigen Geruch über die Stadt. Dann schnupperte Laris in die Luft, und eine seltsame Unruhe erfaßte ihn.

Macha nähte sich neue Kleider, und Aivas bekam seinen ersten Zahn. Fast alle seine schwarzen Haare waren ausgefallen, und es schien, daß der feine Haarpelz, der nachwuchs, von hellerer Farbe war. Seine Augen hingegen waren ganz dunkel geworden. Wenn Macha ihn stillte, hielt er ab und zu inne, hob den Kopf und schaute sie forschend und mit einer kleinen Falte zwischen den Augenbrauen an, so als ob er fragen wollte: Ist alles in Ordnung?

An einem Abend hörte Macha, wie Laris mit Aivas sprach.

»Mein Sohn, mein kleiner Sohn. Aivas ... *Aivas*«, sagte er gedehnt. »Ai . . .vas. So etwas. Wie konnte deine Mutter dich nur so nennen? Einen anständigen Namen solltest du haben ... Cneve zum Beispiel, oder Arnza, aber doch nicht den Namen eines Untertanen ... Weißt du was, Aivas? Bald wird dein Vater wieder auf eine große Reise gehen, über die Berge, denn er ist unstet wie der Wind, und er hat Versprechen einzulösen. Wenn die ersten lauen Frühlingswinde über die Ebene streichen, wird sein Herz von Unruhe erfaßt ...«

Macha horchte auf. Sie mußte lange nachdenken über das, was sie da eben gehört hatte. Drei Tage über sprach sie kaum ein Wort, und am vierten Tag platzte Laris der Kragen.

»Du bist wieder mal einsilbig!« rief er. »Kannst du mir bitte sagen, was los ist?«

Macha verschränkte die Arme vor der Brust und schaute Laris herausfordernd an.

»Ich komme mit«, sagte sie.

»Du kommst mit? Ach ja, sicher kommst du mit.«

Er wandte sich ab, aber dann drehte er sich blitzschnell wieder um und hob fragend die Arme.

»Ich versteh nicht... wohin, wohin willst du mitkommen?« fragte er belustigt.

»Wohin?« rief Macha. »Das frag ich dich! Dorthin, wo du Aivas gesagt hast, daß du hingehen wirst. Was weiß ich – ich bleibe jedenfalls nicht allein hier in diesem feuchten Loch, mit den vielen Leuten, die ich nicht kenne! Meinst du, daß Aivas und ich dich einfach ziehen lassen, über die Berge?! Ja, und welche Berge meinst du überhaupt damit? Mein Herz«, schrie sie und gestikulierte heftig mit den Händen, »mein Herz wird auch von Unruhe erfaßt, wenn die ersten lauen Frühlingswinde über die Ebene streichen« – sie äffte Laris' Tonfall nach – »verstehst du? Was tun wir überhaupt hier, in dem widerlichen Felsina?«

Laris schüttelte den Kopf, hob lachend die Schultern und ließ sie wieder fallen.

»Wir warten auf den Frühling. Dann... ja dann ziehen wir vielleicht nach Westen, zur Küste, nach Massilia... Oder wieder südwärts? Nach Osten, zu den Städten am illyrischen Meer? Nur die Götter wissen es, und ihr Plan ist undurchschaubar!«

Macha schaute ihn entgeistert an und wollte eben den Mund öffnen, um etwas zu sagen, da sah sie das Blitzen in seinen Augen.

»Macha!« Er grinste. »Du weißt doch genau, daß wir nach Norden, über die Berge ziehen werden, dorthin, wo dein Zuhause ist! Ich muß Tiot ja endlich die versprochene Ware bringen. Ja, genau das werden wir tun!« Er nahm sie in seine Arme. »Hör mal«, sagte er, »du glaubst doch nicht im Ernst, daß ich dich und Aivas einfach hier hocken lasse?«

Aivas war aufgewacht. Er hatte einen fürchterlichen Schnupfen, den ersten von unzähligen, die noch folgen würden. Weinend rappelte er sich auf, setzte sich hin und streckte Macha die Ärmchen entgegen.

Da lachte Macha. Sie ging zu Aivas' Schlaflager, hob das Kind hoch, und mit dem Schultertuch wischte sie ihm den Rotz und die Tränen vom Gesicht.

Erklärungen

Die Geschichte spielt am Ende des 6. Jahrhunderts vor Christus. Griechen, Etrusker und Phönizier machen sich den Vorrang um den Handel im westlichen Mittelmeer streitig. In Mittelitalien sind die Etrusker die stärkste politische und wirtschaftliche Macht. Sie unterhalten nicht nur eine Handelsflotte, sondern sind auch Meister in Architektur und Kunsthandwerk, im Ausbeuten und Verarbeiten von Rohstoffen, in Landwirtschaft, Straßenbau und Ingenieurtechnik.

In Etrurien, dem Gebiet zwischen Tiber und Apennin, gibt es neben vielen kleineren Städten zwölf Königsstädte. Im 6. Jahrhundert sind zudem sowohl in der Poebene als auch in Campanien etruskische Niederlassungen entstanden.

Die Sprache der Etrusker ist aus rund 10 000 Grab- und religiösen Weiheinschriften bekannt. Bis heute kann man etwa 300 Worte lesen und übersetzen.

Anders als bei den übrigen antiken Kulturen genossen die Frauen bei den Etruskern große Freiheiten und ein hohes soziales Ansehen.

Astarte: phönizischer Name für Uni, die Göttin der Schöpfung

Athena: griechische Göttin der Weisheit

Atlas: der Weltenträger, eine mythologische Figur, Vater der Plejaden

Augur: Priester

Aulus: Doppelflöte

Cabreas: Monat April

Celie: Monat September

Cottabos: ein Spiel, bei dem man den Wein aus der Schale auf einen Blumenkranz schleudern mußte

Doppelaxt und Stabbündel: Embleme der Würdenträger der etruskischen Könige. Die Stabbündel wurden von den Römern übernommen und waren im 20. Jahrhundert Zeichen der italienischen Faschisten (*il fascio* = das Bündel).

Fufluns: etruskischer Gott des Weines

Haruspex: Priester, der die Zukunft auf Grund der Blitze voraussagt

Hermia: Monat August

Ionier: Ostgriechen

Itis: Monatsmitte, die durch den Vollmond angezeigt wird

Krummstab: Königszeichen, ein Stab mit einem gebogenen oberen Ende. Der Krummstab ging über die römische Kultur als Bischofsstab in die christlich-katholische Kirche ein.

Lauchme: etruskisch für König

Ligyer: Volk im Hinterland Massilias

Lug: keltischer Gott

Nurth: Monat November

Phersu-Spiel: eine Art früher Gladiatorenkampf, bei dem ein durch einen Sack geblendeter Mann gegen einen Hund kämpfen mußte. Der Mann mit der Maske und mit dem mit Fetzen bestickten Kittel gilt als Vorläufer der Arlecchino-Figur der italienischen Commedia dell'arte.

Phönizier: ein ursprünglich aus der Levante stammendes Seefahrervolk, Gründer von Qart Hadast (Karthago)

Piratenschiffe: die Schiffe der Piraten konnten in der Regel sowohl gerudert als auch mit Segeln gefahren werden. Bei einem Angriff wurden die Masten umgelegt, und die Ruderer steuerten das Schiff mit großer Geschwindigkeit gegen ihr Ziel.

Plejaden: die sieben Töchter des Atlas, die von Orion verfolgt wurden; ein Sternbild

Rah: Querholz, an dem das Segel der einmastigen Schiffe befestigt ist

Rasna: etruskischer Name für Etrusker

Sarthun: Monat Dezember

Tarpejus: der Kapitolshügel in Rom

Tarquinius: der letzte etruskische König von Rom

Tinia: etruskischer Gott, griechisch Zeus, römisch Iupiter

Triere: Schiff mit drei Reihen von Ruderern

Turane: Monat Juli

Turan: etruskische Göttin der Liebe, griechisch Aphrodite, römisch Venus

Turms: etruskischer Gott, griechisch Hermes, römisch Merkur

Uni: etruskische Göttin, griechisch Hera, römisch Juno

Verhüllte Namenlose: Götter der Etrusker, die das Weltschicksal und das Schicksal jedes einzelnen Menschen lenken

Vulca: namentlich überlieferter etruskischer Künstler des späten 6. Jahrhunderts. Die großen Tonfiguren wurden zuerst in Holz und Wachs geformt und dann mit einem Tonmantel umgeben. Beim Brennen verfestigte sich der Ton, das Wachs jedoch floß aus den ausgesparten Öffnungen heraus.

Wölfin: eine etruskische Bronzefigur aus dem 6. Jahrhundert vor Chr., das Wahrzeichen der Stadt Rom. Die beiden Kinder Romulus und Remus, die die Figur heute ergänzen, wurden in der Renaissance angebracht.

Xosfer: Monat Oktober

Städte und geographische Begriffe

Alalia: Schauplatz einer Seeschlacht bei Sardinien um 535 vor Chr.

Aurinia: Saturnia. Kleines etruskisches Städtchen im Hinterland. Schon zur Römerzeit der Schwefelquellen wegen ein Badeort, heute ein kleiner Thermalort.

Caisra: Cerveteri. Eine der zwölf etruskischen Königsstädte. Bedeutendes politisches und wirtschaftliches Zentrum. Seine Einwohnerzahl im 6. Jahrhundert vor Chr. wird auf etwa 20 000 bis 25 000 Menschen geschätzt.

Campanien: Landstrich in Süditalien. Wurde von den Etruskern im 6. Jahrhundert vor Chr. kolonisiert.

Clevsin: Chiusi, Stadt in Nordetrurien

Elba: Insel vor der etruskischen Küste mit Eisenvorkommen und Eisenschmelzöfen

Eridanos: der Fluß Po in Oberitalien

Felsina: Bologna. Eine der etruskischen Niederlassungen nördlich des Apennins

Lemanus: Genfer See

Lugdunum: Lyon

Massilia: die griechische Koloniestadt Massalia, heute Marseille

Ostküste: die Adriaküste

Pupluna: Populonia. Eine der zwölf Königsstädte. Wichtiges Handelszentrum für verhüttetes Eisen

Pyrgi: Santa Severa. Hafenstadt von Caisra (Cerveteri); dort befand sich ein etruskisch-phönizisches Heiligtum für die Göttin Uni-Astarte.

Qart Hadast: Karthago, eine phönizische Niederlassung

Rhodanos: Rhone

Ruma: Rom. Die von Latinern, einem nichtetruskischen Volk bewohnte Stadt wurde bis Ende des 6. Jahrhunderts von etruskischen Königen aus einer Tarquinier-Dynastie regiert. Unter ihnen entstanden so wichtige Bauwerke wie der erste kapitolinische Tempel mit den Figuren des Künstlers Vulca, die *Cloaca maxima*, ein Entwässerungskanal, der zum Teil noch heute benutzt wird, die erste Stadtmauer und die erste Rennbahn, Vorgängerin des späteren römischen *Circus maximus.* Auch die »Kapitolinische Wölfin« war das Kunstwerk eines etruskischen Bronzegießers (siehe unter *Wölfin*). Im Jahr 509 vor Chr. wurde der letzte etruskische König gestürzt. Nach einer Periode von Machtkämpfen gewannen die Anhänger der Republik die Oberhand. Die Vertreibung der etruskischen Könige aus Rom leitete den Niedergang des Königstums und der etruskischen Kultur ein, der in Bündnisverträgen mit Rom und der Zerstörung verschiedener Städte im 3. Jahrhundert vor Chr. in Mittelitalien gipfelte und im 2. Jahrhundert mit der Gründung römischer Kolonien im ganzen früheren Etrurien seinen Abschluß fand. Trotzdem überlebte etruskisches Kulturgut. Die Römer hatten den Etruskern viel zu verdanken, angefangen bei der Hausarchitektur über den Straßenbau, der Bewässerungs- und Kanalisationstechnik bis hin zu landwirtschaftlichen Strukturen.

Tarchna: Tarquinia. Eine der zwölf Königstädte. Wichtiges politisches und wirtschaftliches Zentrum

Tlamu: Talamone, eine Küstenstadt

Tuscien: Etrurien

Tyrrhenien: griechischer Name für Etrurien

Veii: Veio. Eines seiner Heiligtümer, der berühmte Tempel *Portonaccio*, war mit Giebelfiguren des Künstlers Vulca geschmückt, darunter war auch die Göttin Thetis mit dem Kind Apollo. Die südetruskische Stadt wird als erste etruskische Stadt 396 vor Chr. von den Römern eingenommen.

Volsinii: Bolsena beim Lago di Bolsena, ein See vulkanischen Ursprungs. In Volsinii befand sich ein wichtiges etruskisches Heiligtum, in welchem durch das jährliche Einschlagen eines Nagels die Jahre gezählt wurden.